後宮薬膳妃

〜薬膳料理が紡ぐふたりの愛〜

朝比奈希夜

STARTS
スターツ出版株式会社

目次

後宮薬膳妃

～薬膳料理が紡ぐふたりの愛～

水抜きの中華粥

大陸の東方を治める彗明国は、五年前に香呂帝が皇帝となりすっかり様変わりしてしまった。

先代の皇帝——香呂帝の父、栄元帝は政に明るい皇帝として知られ、どちらかというと知能派。さらに頭の切れる文官と共に彗明国を導き、周辺の他国ともよき関係を築いていた。

しかし栄元帝とその皇后の第二子として生を受けた香呂帝は、世継ぎと喜ばれた第一子が生後間もなく病で死したこともあってか、随分大切に育てられて贅沢三昧。

学問を嫌い、どちらかというと武闘派。短絡的で気の赴くまま人を動かし、時には殺め……決してよい評判は聞こえてこない。

さらには、後宮に三千人近い妃嬪や女官を従え、そちらに通いつめてはうつつを抜かしている有様なのだとか。

肝心の政は、後宮で妃嬪たちの世話をしている宦官の中の切れ者が裏で香呂帝を操っているという噂も立っている。

しかし、皇帝の住まいであり政の中心地である昇龍城よりずっと南方に位置する辺境の地で暮らす私、朱麗華には関わりがなさすぎてよくわからない。

「麗華、じいさんが調子悪くてな。ちょっと頼むよ」

「わかりました」

私の家に走り込んできたのは、五軒ほど先に行った家に住んでいる趙さん。十八になる私の、父親くらいの歳にあたる男性だ。

私は身支度を終えると、早速家を飛び出した。

この家は父が建てたものだが、父も母も一緒に住んではいない。というのも、ふたりとも原因不明の病に倒れて次々と亡くなったからだ。兄弟もおらず、今はひとりで暮らしている。

慌てていたせいで、家を出てすぐに随分と背の高い男にぶつかり尻もちをついた。

「すみません」

ふと見上げると、見たことのない男性三人が立っている。おそらく私より五つ、六つほど年上だろう。

村の男たちは膝上丈の短めの上衣――襦と、動きやすい下衣――褲を組み合わせた服装が普通だが、三人は着こなし方に違いはあれど長衣の袍に身を包んでいる。

特にきらびやかというわけでもないけれど、この辺りでこうした服装をしている者は珍しい。

真ん中の一番背が高い男は、さらに袖の短い半臂を重ねて帯を締めている。切れ長の目と通った鼻筋。そして細身ではあるがしっかりとした体躯を持つ、辺境の地ではなかなか見かけない気品あふれる人物だった。

旅の人だろうか。

そんなことを考えていると、その男の前にひときわ体つきのよい男がスッと立つ。そして、まるで私を牽制するかのような鋭い目つきでにらんだ。

その尖った眼光に畏怖の念を抱き立ち上がることすらできないでいると、真ん中の男が口を開いた。

「玄峰、その強面をなんとかしろ。彼女が震えているじゃないか」

「しかし……」

「ごめんね。玄峰の顔が怖いのは生まれつきなんだよ」

私に手を差し出す男は立たせてくれようとしているらしい。どうやら怒っているわけではないようだ。

「劉伶さま。生まれつきなどという言葉で片付けられては、努力のしようがありませんが？」

強面と言われた男はますます顔をしかめて苦言を呈する。しかし、その通りだった。

「あはは。とりあえず努力してみれば？」

劉伶と呼ばれたその人は、私が手を重ねるのを戸惑っていることに気づいて、彼のほうから腕をつかんで立たせてくれた。

「汚れてしまったね」

彼は優しく微笑むけれど、なぜか私の手を握ったままだ。

「あ、あの……」

こんなふうに触れられているのが面映ゆくて手を引こうとすると、色白で一番背が低く、しかし美形の男性が口を開く。

「劉伶さま。女性に気軽に触れてはなりません」

「どうしてだ、博文(はくぶん)。彼女を立たせただけだ」

「どうしてもです。彼女が困っているじゃありませんか」

博文という名の男がたしなめると、劉伶さまは「そうか、すまない」と人懐こい笑顔で言いながら、ようやく手を放してくれた。

この人だけ〝さま〟をつけて呼ばれているということは、位が高いのだろうか。

「い、いえっ。大丈夫です」

しかし、三人共に高貴な情調が満ちあふれていて気圧(けお)される。

ただ、劉伶さまの体調が悪そうに見える。はっきりなにがとは言えないけれど、ふとそう感じた。

「私は伯劉伶。この無駄に凄みがあるのが崔玄峰。そしてこっちが宋博文。名前を聞いてもいい？」

「はい。朱麗華と申します。急いでいたのですみませ……あっ！」

趙さんの家に行かないといけなかった。

「失礼します」

結局、三人が何者なのかわからないまま頭を下げ、その場を走り去った。

趙さんの家に着くと、顔面蒼白のおじいさんが力なく横たわっていた。

趙さん一家は、おじいさんを筆頭に息子の趙さん、お嫁さん、あとは十三になる男の子がいる。

「どうされたんです？」

「少し前から食欲がなくて。食べないもんだから余計に弱ってしまって」

趙さんから話を聞きながら、すぐさま様子をうかがう。すると、唇が荒れていることに気づいた。

「便はどうですか？」

「柔らかいです。あとは口の中にできものができて痛いと訴えます」

それを聞き、うんうんとうなずく。

これは気虚の状態だ。

「脾が弱っているようですね。今から言うものをそろえてください。杜仲茶、棗、黒糖、もち米、それと南瓜もあるといいですが、もうないでしょうか？」

おじいさんはここ一年くらい体調が思わしくなく、飲み込みやすいものばかりとっている。そうでないと嚥下できないからだ。

私はそれを念頭に献立を考え始めた。

「南瓜……いくつかあるはずだ。持ってくる」

南瓜は夏から冬にかけて収穫できるが、三月ほどは保存が効く。だからもしかして三月の今も手に入るのではと思ったが、あってよかった。

「お願いします。それでは、あるもので先に調理をしておきます。厨房をお借りしますね」

私は早速厨房で料理を始めた。

鍋に洗ったもち米と多めの水、そして棗を入れて火にかける。

棗は脾の動きをよくして胃腸の調子を整えてくれる。活動の源となる〝気〟が不足している気虚という状態のときに摂取するとよいと言われていて、こうしたときは体を温めるのが基本だ。

それをこれまた気虚のときによく用いるもち米と煮ることで、気を補う効果が高まる。

また別の棗と杜仲の葉を煮出してお茶を用意した。これも体を温める役割があり、胃腸の不調に効くはずだ。

「本当はもう少し煮出したほうがいいのですが、今はとりあえず」

できたお茶をお嫁さんに飲ませてもらった。

しばらくすると、大きな南瓜を抱えた趙さんが戻ってきたので、早速それを切り、水と黒糖を加えて煮込みだす。

気虚の状態のときは甘いものを取り入れるのが正解だ。南瓜だけでも十分に甘いが、さらに黒糖も使った。

もち米で作った粥はうまくできた。

柔らかく煮えた南瓜は潰してお湯で伸ばし、おじいさんでも容易く飲み込めるようにした。

「食べやすいようにしておきましたから、少しでも口に入れてくださいね。体を温めましょう」

お茶を匙で口に運んでいたお嫁さんの横に行きおじいさんに話しかけるが、反応が薄い。

「飲めていますか？」

「少しずつだけど」

くたくたに煮込んだ粥をお嫁さんに渡して食べさせてもらう。

おじいさんの口元をじっと見つめていると、しばらく咀嚼してから飲み込んだ。

「よかった……。食べて体力を回復してください」

そう訴えると、おじいさんは初めて小さくうなずいた。

「麗華、ありがとう。医者に見せるのも大変だから、麗華がいてくれると助かるよ」

趙さんが安堵の胸を撫で下ろしている。

「いいえ。私にできることは限られていて、とてもお医者さまの代わりなど務まりません」

辺境の地であるがゆえ、この村には医者がいない。

歩いて半刻くらいのところに診てくれる医者はいるが、その距離を病人を連れていくのは至難の業。ましてや来てもらうのにはかなりのお金がかかる。そのため、細々と野菜を売って生計を立てている貧しいこの村の人たちには、それまた不可能に近い。

実は私の両親もそうだった。もしかしたら医者に診せていれば今頃元気だったかもしれないが、できなかったのだ。

もともと料理が得意だった私は、父や母のように病に苦しむ人の力になりたくて、薬膳料理に関する書物をなけなしのお金で手に入れて学び始めた。今ではこうして体調を崩した人の家に呼ばれて、料理を振る舞うことを生業にしている。

といっても、誰かに師事したわけでもなく、ごく一部の知識しかない。しかし、医者に診てもらえない村の人には重宝されていて、あちらこちらから声がかかるようになった。

趙さんからお金をいただいたあと、自分の家に戻る。

「よくなるといいけど……」

私にできることはたかが知れている。もちろん看病の甲斐なく亡くなる人も多いので、自分の無力さを呪いたくなることもある。けれど回復する人もいるのだから、できる手伝いはしたい。

私は薬膳に関する書物に手を伸ばし、もう一度頭から読み始めた。

「あっ……」

数ページ進んだところで、劉伶さまの姿がふと脳裏をかすめる。

はっきりとは言えないけれど……彼には水毒の傾向があるような気がしてならない。

男とはいえすこぶる美形だったが、顔の輪郭がはっきりしておらず、むくんでいるように感じた。腎の働きが低下しているような。

とはいえ、私は医者ではない。〝感じた〟だけであって空振りかもしれない。

「もう会う機会もないわね」

もし水毒だったとしても、旅人ならばすでにこの村にはいないだろうし、私が関わることもない。

そう考えながら、その日は眠りについた。

翌朝は曇天。しかし起きて一時間もすると雲が少なくなってきて、気持ちのいい朝となった。

もうすぐ春がやってくる。

寒い時季はどうしても風邪が蔓延し、体が冷えるせいか体調不良を訴える人が多い。暖かくなってきたら減るといいのだけど。

昨日、大量の棗を消費したので、去年の秋に収穫して干してあった棗を持って趙さんのところに顔を出すと、お嫁さんが出てきた。趙さんは畑に行っているという。

おじいさんは今朝も粥を口にしてくれたらしく、ひと安心だ。

「昨日はありがとう。棗も助かるわ」

「いいえ。おじいさんの今の状態だと、甘めのものや体を温めるもの……穀物や豆類、あとは生姜などがいいです。食欲が戻ってきたら、そうしたものを食べさせてあげてください。困ったら呼んでくださいね」

「そうさせてもらうわ」

私は小さく頭を下げて趙家をあとにした。

三年前、相次いで両親が亡くなってから、趙さんをはじめとする近所の人たちが私を家族のように見守って育ててくれた。困っているときは手を貸してくれたし、お金がなくて畑の野菜も尽きたときは、食べ物を分けてくれた。

趙さんがその野菜で調理をする私を見て、料理でお金を稼いだらどうかと勧めてくれて今がある。

だから本当なら無償で引き受けたいところだが、それでは私の生活が立ち行かなくてかえって迷惑をかけるので、最低限の対価はいただいているのだ。

趙さんの家のあとは、私も自分の小さな畑に行くことにした。

ここではさまざまな野菜を育てている。といっても、売るために育てている人たちとは違い自分用なので小規模だ。

畑まで行くと、少し離れたところに立派な建物が見える。あそこは栄元帝が造らせた離宮で、静養のために使うと聞いたが、使われたことはない。

「まさか……」

昨日の劉伶さまたちは皇族の関係者で、離宮にやってきた？

そう考えると、あの上品なたたずまいも、村の人たちとは違う服装も納得がいく。

離宮は、皇帝が住居としている昇龍城より高地にあり涼しいからと避暑のために造られたのだが、もしかしたらこの夏に訪れるつもりで下見に来たのかもしれない。

さまざまな憶測が頭を駆け巡ったものの、私には縁遠い話だった。

しかし、昇龍城については村でも話題に上る。

香呂帝の後宮は、各地より有力者の娘や帝好みの美女ばかり集められていると聞く。とはいえ、三千人近くもいるのだからお目通りすらなかなか叶わず、帝のお手付きとなるのは皇后、そして数人から数十人の位の高い妃嬪だけ。

たまたま帝が気に入った女官が寵愛を得ることはあれど確率的にはとても低く、あとはただの下働きだ。

しかも、後宮は皇帝以外は男子禁制。すべての女官は皇帝のものであり、一旦後宮に入ったら、皇帝が崩御でもされない限り出ることは許されない。

後宮にいるのは女か、大切なものを切り落とし男の機能を失った、妃嬪の身の回りの世話をする宦官だけなのだ。

しかも、女ばかりの世界は恐ろしいと聞く。

皇帝の子を身ごもれば将来の皇帝の母となる可能性があるのだから、その権力争いはすさまじい。帝の寵愛を得られそうな女官が不審死したり、産まれたばかりの赤子が死んだりなんていうこともよくあるのだとか。

私には関係ない話ではあるけれど、そんな噂を耳にするたびに、たとえ衣食住を保障されたとしても後宮には絶対に行きたくないと思った。

「私にはこの野菜たちがいるもの」

両親もいなくなり、寂しくないと言ったら嘘になる。しかし、趙さんのおかげで身を立てる術を手にできたので、将来にわたりひっそりとこの地で暮らしていければいい。

欲を言えば素敵な男性と恋を……というかすかな希望は捨ててはいないけれど。

そんなことを考えていると、劉伶さまの顔がふと浮かび、耳が熱くなるのを感じた。

「あらっ、陽盛かしら？」

陽盛というのは、臓腑機能が亢進して体が火照り、イライラすることが多い体質のことだ。

でも、特にいらだつこともないし、調子も悪くない。あまり気にしないでおこう。

畑には、さやえんどうがたくさん育っている。

さやえんどうは、臓腑機能が低下して虚弱の症状が表れる気虚や水毒の状態を改善する野菜で、胃の状態をよくしたりむくみを解消したりする。

頭の中で学んだことを復習していると、再び劉伶さまを思い出した。

「水毒じゃないわよね……」

声はつらつとしていたし、元気そうに見えた。ただ少しむくみを感じただけ。

そもそも水毒は病ではなく体の状態を示しているだけなので、元気で暮らしていれば特に問題はない。

他に水毒にいいのは……。この時季だと、うどとか？

少し山に入ったところに、うどが自生しているはずだ。

もう劉伶さまに会う機会はないと思いながら、なぜか足は山に向いていた。


太くて立派なうどを持ち帰り簡単に昼食を済ませた頃、「すみません」と外から男の人の声がする。

誰か体調を崩したのだろうか。

慌てて建付けの悪い扉を思いきり引いて開けると、そこには玄峰さんと博文さんが立っていた。

「はっ！　どうされました？」

もう二度と会わないと思っていた人たちが目の前にいたため、動揺して声が上ずる。

「突然すみません。昨日こちらの家から麗華さんが出てこられたのを見かけましたので、助けていただきたくてお邪魔しました」

「助けて、と言いますと？」

「はい。この辺りに市場のようなところがあれば教えていただきたいのです。それと料理を作ってくれる方も求めているのですが……」

博文さんが片方の口角を少しだけ上げて微笑み、しかし一方では眉根を寄せるという、困惑が入り混じった表情で尋ねてくる。

この村には宿がない。だからてっきり素通りして別の村まで行ったと思ったけれど、昨晩はどこに寝所を確保したのだろう。

「市場にはご案内しますし、よろしければ私が料理も手伝いますが……。あの、昨晩はどちらに……」

疑問をそのままぶつけると、博文さんが自分より背の高い玄峰さんにチラリと視線を送った。ふたりはしばらく、目で声にならない会話を交わしているようだ。

「少し失礼します」

「えっ？　な、なんでしょう……」

扉の向こう側で話していたふたりが、粗末な家屋の中に足を踏み入れてくる。さらには玄峰さんがあんなに閉めにくい扉を一発でぴしゃりと閉めるので、これはもしや焦眉の急ではないかと息をするのも忘れた。

触れてはいけないことを尋ねてしまったのだろうか。

震えながら一歩二歩あとずさると、博文さんが再び口を開く。

「玄峰、やはりお前は顔が怖いようだ。麗華さんの腰が今にも抜けそうではないか」

「あいにくと生まれつきなものでな」

　ひどく不機嫌な玄峰さんは、たしかに劉伶さまや博文さんと比べたら、多少……いやかなり強面ではあるが、美形であることには変わりない。

「玄峰さんのお顔は、とても美麗ですよ？」

　ふたりに貶められる彼がかわいそうに思えてきて口を出すと、博文さんが小刻みに体を震わせている。どうやら声をあげずに笑っているらしい。

「玄峰、赤面しているようだが？」

「してねぇよ」

「火照るのですか？　陽盛ではないですか？」

　つい今しがたまで畏怖の念を抱いていたというのに、体調について言及されると前のめりになる。

「陽盛とは……。なにかで聞いたことがあるが」

　玄峰さんが首を傾げるのを見て、不得要領な尋ね方だったと反省した。

「申し訳ありません。少々薬膳料理の勉強をしておりまして、陽盛とは体の状態のことを指します」

「麗華さん、薬膳料理の心得がおありなんですか？」

今までとは違う大きな声を出したのは、目を丸くしている博文さんだ。見かけで判断するのはよくないが、色白で線の細い彼からこんな声を聞くとは思わなかった。

「心得というほどでは。少し知っている程度です」

拡大解釈をされては困る。あくまでかじった程度なのだから。

「玄峰、これは運命じゃないか？」

「さっさと連れていけばいいだろ」

「連れて？」

よからぬことに巻き込まれると悟った私は、やはりあとずさる。

「玄峰！　麗華さんが震えている。その顔をしまえ」

「できるか！」

ふたりが小競り合いしているのを速くなる鼓動に気づきながら聞いていた。

「あぁ、申し訳ない。麗華さん、どうか話を聞いていただけないでしょうか。若無人な玄峰とは違います。麗華さんの意に反することは決していたしません」

どうやら博文さんには常識というものが備わっているようだが、簡単に信じるわけにもいかない。

無言で体をこわばらせていると、玄峰さんが口を開いた。

「なにもしねぇよ。するならもうとっくにしてる」

それも一理ある。

私は渋々納得することにした。

「お話、とは……？　よろしければどうぞ」

どうぞと椅子を勧めたものの、もうすでに勝手に家に上がり込まれているような気がしなくもない。

狭いふたり掛けの椅子に無理やり尻をはめ込ませるように座った彼らは、「尻をすぼめよ」とか「触れるんじゃない」とか、また喧嘩をしている。

その様子が子供のじゃれ合いのようで微笑ましく、今までの緊張が吹き飛んだ。

「狭くてすみません。棗入りの杜仲茶です」

趙さんの家に行ってから自分でも淹れておいたので、それを振る舞った。

「恐縮です。棗が入っているのは初めてです」

博文さんがそう言いながら口に運ぶ。

「棗は胃腸にいいんです。不安を和らげる効果もあります」

「へぇ。それが薬膳料理のひとつですか」

「まぁ、これは料理とは言えませんが、そうです」

私と博文さんが会話をしている間に、玄峰さんが一気に飲み干した。

喉が渇いていたのだろうか。

棗には体を温める効果があるが、玄峰さんには冷やすもののほうがよかった気がする。彼の全身から熱を感じるのだ。……これも見かけ判断だけど。

「麗華さんは医学の心得もおありで？」

「いえ、まったく。ただ、この村には医者がおりませんので、体調を崩した方に薬膳料理を振る舞ったり、とるべき食べ物をお教えしたりはしております」

正直に伝えると、博文さんが満足げな顔でうなずいた。

「その知識をお借りできませんか？　実は劉伶さまが少し体調を崩していて――」

「やはりそうでしたか」

博文さんの言葉を遮ると、玄峰さんが瞬きを繰り返したあと彼に視線を送った。すると博文さんは再び口を開く。

「お気づきだったんですか？」

「あっ、いえ……。劉伶さまのお顔が少しむくんでいるような気がして、水毒の状態ではないかと感じたもので」

最後は声が小さくなる。

これは完全なる直感であって、当たるも八卦当たらぬも八卦程度のものだからだ。

「水毒とは？」

珍しく玄峰さんが口を挟んだ。

「腎が弱っていることが多いのですが、代謝が悪くて体内に水が溜まっている状態です。こういうときは朝起きられなかったり、立ちくらみがしたりという症状がよく出ます」

「その通りだ」

玄峰さんが自分の膝をパンと叩いた。

「その通りと言いますと、劉伶さまが？」

「そう。もともと朝は強い人じゃないが、最近はますます寝起きが悪い。それに、ときどきふわっと倒れそうになることがあるのだ。空元気が好きな人だから、俺たちの前では虚勢を張っているんだろうな」

虚勢……。たしかに元気そうだったが、実は違うということか。

続けて博文さんも口を開く。

「実は私たち、わけあって離宮に滞在することになりまして」

「離宮!?」

もしかして……と頭をよぎったけれど、本当にそうだったとは。彼らはやはり、皇族関係の高貴な人たちのようだ。

「申し訳ございません。なにも知らずにこのような汚いところでおもてなしなど……」

「私たちが押しかけたんですよ」

博文さんは頬を緩める。

「ただ、このことは内密にお願いしたい」

〝わけあって〟と濁したということは〝聞くな〟と同義語なのだろう。

香呂帝が渡られる準備なのかもしれないが、私が聞いたところで関係がない。

「……承知しました」

「生活をするにあたり、食べ物の確保をせねばなりません。それで昨日この辺りに市場がないか散策していたのですが見当たらず、教えていただきたいのです」

なるほど、一、二日の滞在ではないということか。

「市は歩いて四半刻ほどのところにあります。この村は野菜が豊富に取れますので、市では肉や魚類を手に入れることが多いです。あとは漢方食材なども。私も欲しいものがありますので、よろしければ早速ご案内します」

食べ物は大切だ。野菜を分けることはできても、この若い男たちには肉や魚も必要だろう。

そんなことを口にしながら、先ほど採ってきたうどを劉伶さまに食べさせてあげたいと考えていた。

私たちはそれからすぐに出発した。

市場に到着すると、趙さんが野菜を売りに来ている。

「麗華じゃないか。今朝、棗を届けてくれたんだって？」

「はい。棗は売るほどありますので」

秋になると裏山にたくさんなるので、それを天日干しにして保存してあるのだ。それこそ市場で売ればいいのだが、村の人たちのために取っておきたい。

「ん？　見慣れない顔だね」

趙さんはすぐに玄峰さんと博文さんに気がついた。

そもそも、身なりも整い眉目秀麗であるふたりは、否応なしに目立ってはいる。

「えーっと……」

離宮の話をしてはいけないようだし、なんと説明したらいいのか戸惑い、言い淀んだ。

「初めまして。私たちは麗華さんの料理の腕を聞きつけて、近くの街から参りました。彼女に私たちの主の料理番を務めていただきたいとお願いに上がった次第でして」

主というのは、おそらく劉伶さまのことだ。主というより仲間という感じではあったが、たしかにもっとも貴顕紳士であるように感じたのは認める。

「なんと。麗華、すごいじゃないか。麗華は本当にいい子でして。両親を亡くしてからひたすら頑張ってきました。料理の腕も一流です。どうかよろしくお願いします」

趙さんが私のために頭を下げるのを見て、目頭が熱くなる。

両親を亡くしてからたくさん迷惑をかけたのに。

露命をつなぐことができたのは、近間の人たちのおかげだ。

「麗華さんの料理は私たちも楽しみです」

博文さんは目を弓なりにして微笑み、玄峰さんは「はい」とぶっきらぼうに小さく頭を下げた。

「趙さん、野菜をいただいても?」

「もちろんだ。でも麗華には家で分けてあげるよ」

代金はいらないと言っているのだ。

「私たちがお支払いします。あなたの働きに見合った代金をお支払いしなければ、経済というものが動きません」

博文さんがすかさず口を挟む。

「それはありがたい」

趙さんからは緑豆とにらを買い、他から大蒜（にんにく）、ゆり根などの野菜と、鶏卵、鶏肉、海老などの肉、魚類。そして高麗人参、陳皮、枸杞（くこ）の実といった漢方食材をたっぷりと買い込んだ。

いつもはもっと吟味して買うものを絞るのだけど、博文さんが「それもね」とためらいもせず代金を払うため、莫大な量になった。

しかも、力持ちの玄峰さんがそれらを軽々と運んでくれたので、今までで一番楽な、そして贅沢な買い物だった。

村に戻ると、そのまま離宮に向かうことになった。

なんと村の外れに馬がつながれており、博文さんの馬に乗せてもらう。もちろん手綱はうしろに座る博文さんが持ち、私は初めての乗馬に「うおっ」とか「わわっ」とか叫んでいるばかりだった。

馬がいるなら市場にも乗っていけばよかったのにと思ったけれど、これ以上目立ちたくないのかもしれない。

離宮の大きな門の前に立つと、妙な緊張に襲われる。

後宮ではないので出られなくなるわけではないし、料理を作ったらすぐに戻るつもりだが、後宮入りする女性の覚悟を耳にしているのでそんな気分になったのだ。

玄峰さんが重そうな扉を開くと、ギギギーッと音を立てる。ずっと使われていなかったため蝶番が錆(さび)ついているのかもしれない。

目の前には開いた口がふさがらなくなるほどの大きな宮殿があった。

左右対称の建物は光沢のある瑠璃瓦（るりがわら）が印象的。朱色の柱ときらびやかな装飾の数々に気圧されて、息をするのも忘れる。

離宮でもこの規模なのだから、皇帝の住まいである昇龍城はとてつもなく立派に違いない。

「こちらへ」

門の中に足を踏み入れたふたりはすぐに馬を大きな木に結び、私を促した。

博文さんはすこぶる気がつく人だ。私が顔をこわばらせているのを見て、「他には劉伶さましかいませんのでご安心を」と付け加えた。

「劉伶さまはおふたりの主でいらっしゃるんですか？」

「劉伶さまは私たちより位が上です。ですが、よそよそしくされるのを嫌うので私たちも余計な気遣いをすることはありません。普通に接していただいて結構です」

それを聞いて安堵した。高貴な人の前でどう振る舞えばいいのかと心配していたからだ。

皇帝が後宮に下られるときは、女官は常に顔を伏せるのが礼儀で、皇帝の顔を拝見することも叶わないと聞いた覚えがある。

劉伶さまが皇帝に近い存在だったら……と心配だったが、昨日普通に歩いていたし多分違うのだろう。

前に博文さん、そしてうしろに玄峰さん。三人縦に並んで廊下を進む。しばらく行くと、とある大きな扉の前で博文さんの足が止まった。

「まずは劉伶さまの加減を診ていただきたい」

そんなに悪いのだろうか。それならば医者を呼んだほうがいい。お金はありそうだし……と思ったけれど、一度話をしてみてからにしようと考え直してうなずいた。

博文さんが扉をトントントンと三度叩くが、応答がない。

「博文です。入りますよ」

だからか博文さんは勝手に扉を開けて房に足を踏み入れた。

目の前に広がるその部屋は、私の家がすっぽり三つ、四つは入ってしまいそうな広さで言葉を失う。

しかし、あっけにとられているのも束の間。はぁー、という博文さんの大きな溜息で我に返った。

彼は片隅に置かれた寝台の上で寝息を立てている劉伶さまに近づいていく。

「起きているんでしょ。麗華さんですよ」

「麗華さん!?」

博文さんの指摘通りだった。劉伶さまは寝たふりをしていただけのようで、飛び起きた。

顔にかかった髪をかきあげる様子が妙な色気を漂わせていて、心臓が大きな音を立てる。昨日とは違い、薄手の袍を纏い軽く帯を締めただけの姿に、こちらが恥ずかしくなった。

それほど体調が悪そうには見えないが、やはりよく見ると顔がむくんでいる。しかし、この程度なら医者はいらないかもしれない。

「麗華さんが市場を案内してくださいました。それに、薬膳料理の心得があるそうで作っていただけると」

博文さんがそう伝えるのに合わせて「買い込んできたぞ」と玄峰さんが手に持っている食材を差し出した。

「やっとうまい飯にありつける。麗華さん、調理をしてくれるなんて君は仏か！」

劉伶さまが興奮気味に言い放つ。

昨日からなにも食べてないのだろうか。市場がわからず食事を抜いたのかもしれない。

それにしても〝仏〟というのは言いすぎだ。

「劉伶さまの体調がすぐれないのは、水毒ではないかとおっしゃっています」

「水毒？」

博文さんの言葉に劉伶さまは端整な顔をゆがめ、その視線を鋭くした。

「体の状態のことです。腎が弱っていて代謝が悪くなり、体内に水が溜まっているのではないかと。舌を見せていただけませんか？」

願い出ると、彼は一瞬、博文さんに視線を移した。そして博文さんが小さくうなずくのを確認したあと、口を開けて舌を出す。

私は近づいてまじまじと見つめた。

「やはり、水毒かもしれません。舌の両側に歯の痕が残っていますよね」

そう伝えると、玄峰さんも覗き込む。

「本当だな。凹凸がある」

「これは水毒の状態のときによく見られます。腎の調子を整えて、体から余計な水分を抜きましょう。それで幾分かは体調もよくなるかと」

私の発言に劉伶さまは目を見開いている。

「麗華さんって、医者なの？」

「いえ、ただの村人です」

「村人って……」

劉伶さまがとてもおかしそうに笑みを漏らすので安堵した。もっと体調が悪いと思っていたからだ。

「早速ですが、調理をさせていただきます」

「うん、お願い」

それから私は玄峰さんに案内されて厨房に向かった。

これまた広すぎる厨房は、二十人くらいの料理人が作業をしても余裕ではないかと思える。

私はまず水分の排泄を促す陳皮を酒につけて、陳皮酒を作った。

これはしばらく寝かせておいて、はちみつを加えて飲んでもらうつもりだ。

その次に胃腸の働きを助ける鶏肉を、臭みを取るために生姜と葱を加えて茹でて一旦取り出した。この汁と、肝や腎の働きを高める枸杞の実を入れた米で粥をこしらえる。

それを煮ている間に、体内の新陳代謝を高めて解毒や発汗の作用があるうどを準備する。うどの根は独活(どっかつ)という漢方薬でもある。

先ほどの鶏肉とうどを合わせて生抽(しょうゆ)と黒砂糖、湯(たん)を少し加えて煮込む。

これで二品。

次は腎の働きを助ける海老を叩いて生姜と混ぜ、団子にする。海老には体を温める効果もあるのだ。

そしてこれまた腎機能を高めて疲労回復に役立つにらと一緒に、鶏から取った湯で煮込み、塩で味付けをした。塩だけというごく単純な味付けだが、鶏や海老から出る旨みで十分おいしい。

そしてもう一品。

利尿と解毒作用がある緑豆を手にして、市場でも手に入った南瓜と共に、やはり生抽と黒砂糖で炊いた。

あとは明日以降のために、高麗人参や小豆などを水に浸して戻す準備をしたあと、棚にびっしり用意されていた立派な器に料理を盛り付ける。

「どうしたら……」

三人分こしらえたので結構な量だ。ひとりでは運べないし、あの部屋に持っていけばいいのかもわからない。

どうすべきか聞くために劉伶さまの部屋に向かった。

扉を叩こうとすると、中から三人の話し声が聞こえてくる。

「それで、他に情報は？」

「まだ無理です。もう少し時間をください。慎重に進めなければ」

劉伶さまのあとに博文さんの声がする。

なんの情報だろう。

「そうだな。しばらくはゆっくりしよう。体を整えないと。でも麗華さんに水毒と言われて驚いたよ。毒を盛られたことに気づかれたと思った」

「えっ！」

しまった。劉伶さまの発言があまりに衝撃で、声を出してしまった。

するとすぐに扉が開き、玄峰さんが私をにらむ。

「す、すみません。立ち聞きするつもりは……。お料理ができたのでどうすればいいのかと」

なにかわけがあって離宮に滞在しているのは承知済みだが、毒を盛られるというような強烈な言葉が出てくるとは思わなかった。

「玄峰、運んで。麗華さん、ちょっとこちらへ」

劉伶さまの表情は柔らかいが、私は焦燥感に駆られていた。

聞いてはいけないことだったのならば、殺される？

「……はい」

私が戸惑う間に、玄峰さんは厨房のほうへと歩いていく。

「ごめん。玄峰の顔だけじゃなくて、怖がらせてばかりだね」

私の足がすくんでいることに気がついた劉伶さまは、自分が立ち上がって歩み寄ってきた。

「心配しないで。殺めたりはしないよ。俺は争い事を好まないんだ」

彼は目前まで来て私の目線に合うように腰を折り、口角を上げてみせる。その瞳から怒気は感じられず、気持ちが落ち着いた。と同時に、間近で見つめられていることに気がつき、全身の火照りを感じる。

　これは昨日と同じ症状だ。やはり陽盛だろうか。

　そんなことを考えていると、「座って話そう」と手を引かれた。すると今度は胸が苦しく感じる。

　やはり病？　いや、男性に触れられる機会なんてまずないので緊張しているのだ。

「麗華さんはここ」

　彼は寝台から少し離れたところにある椅子に私を座らせた。

　大きな卓子を囲むように八脚の椅子が置かれている。ここで食事をするのかもしれない。

　劉伶さまは私の対面に、そして博文さんはその隣に腰を下ろした。

「毒なんて驚かせたね。実は俺、とあることで毒を盛られてしまったんだ。まあ、なんとなくそうかなと思ったから、口に含んだだけで吐き出したけど」

　毒を疑ったのであれば普通は口にしないのに、どうしてだろう。

「夕食の羹（あつもの）に、毒が仕込まれていたようだ。俺のところに運んでくれた人が小刻みに震えていてね。俺がその羹に手を伸ばしたら、震えがひどくなって。それでわかったんだけど」

「わかったら飲まないですよね？」

聞いていられなくて口を挟んだ。

「そうだね。でも彼、別の人間に強制されていたんだよ。俺、これでも昇龍城で文官を務めていたんだ。あっ、博文もそうだけど」

文官って……とんでもなく賢い人のことだ。たしか科挙という、一生かけても合格できない人が続出するという超難関の試験を通過した者だけがなれるはず。

「ちなみに玄峰は違うから。彼は武官のほう」

それはとてもしっくりくる。なんとなく科挙を通過したとは思えない。失礼だけど。

「劉伶さまは科挙も武挙も最高位の成績で通過しています」

「え！」

ということは、劉伶さまは文官でありながら武官でもあるの？

しかも最高位だなんて、とんでもない逸材らしい。

「まあ、それはいいじゃないか。話を戻すね。それで、それなりに認められていた俺を蹴落としたい人間がいたんだろうね。食事を運んできた彼はうまくいっても死罪。失敗しても口封じに殺される。どちらにしても自分の命をかけた行為だったんだ。それでもやらなければならないと、彼を追い詰めた人間がいるんだなと」

瞬時にそんなふうに考えられるのは、やはり明敏（めいびん）な頭脳を持っているからに違いない。

　とはいえ、自分の命が危ういときにそれほど冷静でいられるとは。

「だからといって、劉伶さまが毒を口に含むなんて……」

「うん。実はかなり迷った。俺だって死にたいわけじゃないからね。それで、口に含んで『味が薄い』と吐き出したんだ」

　そうか。そうすれば味の好みが合わなかったということで済む。料理を運んできた人の責任ではなくなる。

「でも、少しやられてしまってね。それから調子が悪くて、静養に来たんだよ」

　彼は淀むことなく話し終えると、一瞬博文さんと目を合わせる。それになんの意味があるのかわからなかったが、玄峰さんが食事を持ってきたので話が途切れた。

「麗華さん、三人分しかないが？」

「はい。私はもう帰ろうかと」

　答えると、劉伶さまが小さく首を横に振る。

「麗華さんも食べるんだよ。まさか、作らせておいて追い出すなんてありえない」

　そうだったのか。でもこれは、博文さんが出したお金で買ったものだ。

「私には贅沢ですから。冷めないうちに――」

「玄峰、麗華さんの分の器を持ってきて」

私の発言を遮る劉伶さまは、「早く」と急かす。

「でも……」

「俺、その騒動があってから食事をするのが苦痛になってね。食欲も湧かないし、博文か玄峰の作ったものしか口にできなくなった。ところがこれがまずくて」

まずいとはっきり言うものだから、博文さんの眉が上がる。

「劉伶さまの作ったものもまずいですが？」

「あはは」

この三人は互いに信頼し合っているようだ。

「仲がよろしいのですね」

「そうだね。刎頸の友ってやつかな」

「刎頸？」

学がない私には意味がわからない。

「博文や玄峰のためなら首をはねられても後悔しないってこと」

「首！」

先ほどから生々しい発言ばかりで卒倒しそうだ。

「劉伶さま、言葉を選んでください。麗華さん、たとえですから」

博文さんにそう言われて、やっと酸素が肺に入ってきた。

そこに玄峰さんが戻ってきた。

彼から私用の器を受け取った劉伶さまは、なんと三人の器から少しずつ取り分けている。

「あぁっ、私がやります」

「それじゃあ、麗華さんは粥を分けて。皆でやれば早い」

こんなことなら用意しておけばよかった。

「うまそうだ」

食欲がなかったという劉伶さまが目を輝かせているのを見て、ほっとした。

「今日の料理は、劉伶さまの水毒を解消するためのものですので、物足りないかもしれません。腎に作用したり水分を排出したりする効果がある料理ばかりです」

「いつもそんなことを考えて作っているの？」

「いえ。ちょっと体調が悪いなと思えば、それに効きそうな食材をとるようにはしていますが、いつもはここまで注意しません。食事はおいしく食べるのが一番いいと思うんです。ただ、弱っている方にはそれなりのものを用意します」

劉伶さまの質問に答えると、私の隣に座った玄峰さんが「へぇ」と感嘆の溜息を漏らしている。

「玄峰より賢そうですね」

「うるさいな、博文」

博文さんと玄峰さんのやり取りにくすっと笑った劉伶さまは、早速匙を手にした。

「待ってください。私が毒見をします」

もちろん毒なんて入っていない。けれども先ほどの話を聞いたら、それを証明したほうがいい気がした。

「そんな必要はない。そうしたことが嫌でここに来たのだし、麗華さんは俺を殺めてもなんの得もないじゃないか」

「それはそうですが……」

得、か……。この三人、お金はたくさん持っていそうだし、三人とも殺めてそれを手に入れたいと思う可能性だってある。

「でも、やはり毒見します」

もう一度伝えて匙を手に取ると、劉伶さまが悲しげに首を振る。

「麗華さんを信頼したいんだ。もう誰かを疑ってばかりの生活は嫌なんだよ」

凛々しい眉をゆがめて小さな溜息を落とす劉伶さまを見て、心が痛い。

「面倒な奴らだな。腹が減ったから食うぞ」

すると突然口を挟んだ玄峰さんが、ためらいもなく粥を口に運んだ。

「おっ？　これは普通の粥ではないな。味がしっかりとついている」

「鶏を炊いた湯で作ったんです」と説明している間に、劉伶さまも博文さんも料理に手をつけてしまった。

結局、毒見をすると言った私が最後だ。

「これはなに？」

笑顔で料理を口に運ぶ劉伶さまが尋ねてくる。

「それはうどです。少し苦みもありますが、血の流れを促す解毒作用が強い野菜です」

まさか毒を盛られているとは知らずに作ったが、ちょうどよかったのかもしれない。

「この羹もうまい。海老の団子がなかなか」

博文さんも目を細めた。

これほど褒められたことがないので、胸の奥がもぞもぞする。


それから三人はすさまじい勢いですべて食べつくした。

足りなかったかしら。

「はぁ、満足。こんなにうまい飯を食ったのは久々だよ」

劉伶さまがお腹を押さえて至福の表情を見せる。

どう見ても料理とは無縁そうな男たち三人の作った〝まずい〟という食事ばかりしてきたのだから、それに比べたらおいしかったのだろう。

「これで水毒というものがよくなっていくのなら、なんの苦労もないね。麗華さんの他の料理も食べてみたいな」

優しく微笑み私の目を見つめる劉伶さまは、そんなふうに言う。

「麗華さん、これからもお願いします。この味を知ったらまずい食事には戻れない」

博文さんまでも頭を下げる。

「まあ、食ってやるぞ」

「玄峰!」

そして最初に食べ終わっていた玄峰さんの少し偉そうな物言いを、博文さんがたしなめた。

「麗華さん、玄峰の分はもう作らなくていいから」

「劉伶さま、それはないだろ。うまかったよ。お願いします」

今度は素直に首を垂れる玄峰さんは、ちょっと照れ屋なのかもしれない。

「私でよければ」

そう答えると、劉伶さまが満面の笑みを浮かべた。

「それじゃあ、部屋を準備しよう」

「部屋?」

劉伶さまがなにを言っているのか理解できず首を傾げる。

「ん？　住み込みだよね。そうじゃないと朝飯も食えない」

「す、住み込み？」

たしかにこの宮殿は立派で、部屋なんていくらでも余っているだろう。私の住むぼろ家よりずっと快適だ。でも、ここに住むなんてありえない。

「あれ、違うのか」

あからさまに肩を落とす劉伶さまを見て、申し訳ない気分になる。

「畑もありますし、村の人の薬膳料理も作っているので……」

「そうか。でも夜遅くにあの森の中を帰すのは心配だな。玄峰をつけたとしてもね」

たしかに私の家からここまでは、森の中をひたすら四半刻ほど歩かなければならない。馬に乗ればそれほどはかからないが、当然ひとりでは難しい。

ふと窓の外に目をやると、もう月が昇っている。調理に集中しすぎて、時間が経つのも忘れていた。

「それならばここでお休みいただき、朝食を共にして一旦お帰りいただいては？　村の人たちの大切な医者を私たちだけが囲うわけにもいきません」

博文さんは私が医者でないのは承知しているはずだが、村に医者がいないことも話したのでそう言うのだろう。

「そうだね。どうかな、麗華さん。もちろん君の働きに見合った給金は支払うし、危害は誓って加えない。大切な食を提供してくれるのだから、絶対に」

劉伶さまも続いた。

給金をいただけるのはありがたい。村の人たちの体調不良を治すのに肉を用意したくても、お金がなくてできないこともあったからそれに使いたいのだ。

それに、危害を加えないというのも信用できる気がする。毒見を断った彼らは私を信頼しているようだし、それなら私も信頼したい。

「わかりました」

「よし決まり。玄峰、部屋を用意して」

あっさり了承の返事はしたものの、不安がまったくないわけではない。両親以外の人と寝食を共にしたことがないからだ。

けれども、先ほどの食べっぷり。本当にまともな食事にありつけていないと伝わってきて、役に立ちたいとも感じた。

部屋の準備に行った玄峰さんの代わりに、劉伶さまと博文さんが器の片付けを手伝ってくれた。

「麗華はなんの料理が一番得意なの？」

唐突に〝麗華〟と呼ばれて目を丸くする。

「あぁ、ごめん。麗華じゃ駄目かな。仲良くなったらそう呼ぶものだろ？　俺は劉伶でいいよ」

　わずかな時間を一緒に過ごしただけなのに、仲良くなったと認めてくれるの？

「劉伶さま、なれなれしいですよ」

　博文さんがとがめるので、私は首を横に振った。

「いえ、麗華で十分ですが……。劉伶さまは劉伶さまで」

　年上の男性を呼び捨てするなんて、緊張してうまく話せなくなる。

「あはは。それじゃそうしよう」

「でも、どうして私をそんなに信頼してくださるんですか？」

「毒見発言には驚いたからね。俺の話を聞いてとっさにそこまで気を回せるのがすごい。俺に食事を楽しませたいと思ったんだろ？」

　さすがは文官だ。頭の回転が速い。

　たしかに、最初に毒が入っていないことを証明すれば、びくびくしないで食事を楽しめると思った。

「……はい」

「そんな優しい人に悪い人はいないよ。博文は他人(ひと)の心を読むのに長(た)けているんだが、彼も大丈夫だと感じているみたいだし」

彼らが時々視線を合わせるのは、そうした確認をしていたのかもしれない。

「そうでしたか」

信頼してもらえるのはありがたい。

厨房に器を置くと、博文さんが口を開く。

「劉伶さまは少しお休みください。片付けは私が手伝います」

「悪いね。それじゃあお願いするよ。麗華、困ったことがあれば言って。遠慮はいらない」

「ありがとうございます」

劉伶さまは「ごちそうさま」と言って戻っていった。

「博文さん、私がやりますので大丈夫です」

汚れた器に手を伸ばす彼を制する。すると彼は口を開いた。

「劉伶さまは、私たちのことを刎頸の友と言ってくれますが、それほどの覚悟がなければ他人を信用できないところに身を置いていました。だから、安心して心を共有できる人を欲しているのです」

なんだかそれも悲しい話だ。少なくとも私は、身近な人に殺されるかもしれないなんて感情を抱いたことはない。

「正直、麗華さんを信頼していいものか迷いました。でも、劉伶さまは麗華さんは悪い人ではないと言い張るんです。市場で会った男性の話をしたからかもしれませんが」

趙さんのことだ。

「それに、食べ物を薬として扱う人が毒にはしないと。それでも、毒を盛られた経験がありますので慎重にと話したのですが、『麗華さんの目は濁っていたか？』と私に聞くんです」

私の、目？

「たしかにあのときの男は、どこかおどおどして瞳が曇っていました。劉伶さまはそれにいち早く気づき、毒だと見破ったのでしょう。でも麗華さんの瞳は間違いなく澄んでいた」

毒を仕込んだ男が震えていたと話していたが、目からも嘘を読み取ったということか。

「そうだったんですね」

いつの間にか器を洗う手が止まっていた。

「失礼を承知で申します。劉伶さまはいろいろありましたので、刎頸の友が欲しくてたまらないのだと思います。四六時中誰かを疑って暮らすことに疲れているのでしょう。だから麗華さんのことも盲目的に信頼しようとしている」

「はい」

おそらく博文さんの言う通りだ。

「私たちは劉伶さまを守りたい。だから相手が誰であろうと疑うことから始めます。玄峰がいち早く粥を口に運んだのも、そのせいかと」

そうか、玄峰さんはあんな言い方をしながらも毒見役を買って出たんだ。

「ただ、あなたが自ら毒見役をと言いだしたのには私も驚きました。そして、劉伶さまの人を見る目は正しいのかもしれないと。麗華さん、これからもよろしくお願いします。ここを頼んでもいいですか？ 部屋の準備を手伝って参りますね」

博文さんはそう言い残して厨房を出ていった。

劉伶さまがそこまで信じているのだから決して裏切るなと、牽制されたような気もする。頭の切れる文官なのだから、今の発言にいろいろな意味を込めているはずだ。

と言われても……。

毒なんて扱ったことすらないし、もちろん彼らを殺めるつもりもない。それでもし金銭が手に入ったとしても、この先の人生が後悔ばかりでは意味がなくなる。

「かわいそうなのかも」

文官や武官として皇帝に仕えていたということは、彗明国の限りなく頂点に近いところにいた人たちだ。おそらく、お金の苦労もしたことがないだろう。

それなのに、私が当たり前にしているおいしい食事ができないなんて気の毒すぎる。

劉伶さまの期待に応えられるように、そして三人に食事の楽しさを思い出させてあげたい。

そんなことを考えながら、再び器を洗いだした。

すべての片付けが済んだ頃、玄峰さんが来てくれた。

「明日、朝飯のあと村まで馬で送る」

「助かります」

「それでは今夜はこちらへ」

玄峰さんが廊下を進んでいくので私も続いた。

「先ほどは毒見をしてくださったんですね。ありがとうございます」

彼の背中に語りかけると、足が止まる。

ゆっくり振り向いた玄峰さんは、驚愕やら疑義やらが入り混じったような複雑な形相で私を見ている。

「毒見をしたんだぞ。なぜそれに感謝する」

たしかに、疑われたということではある。けれど……。

「劉伶さまのお優しい気持ちを踏みにじらないように配慮してくださったんですよね。あそこで強引に私が食していれば、劉伶さまとの距離が離れた気がします」

信じると言われているのに毒見をするということは、逆に私が劉伶さまの信じると
いう気持ちを信じていないことになる。
「珍しい考え方をするんだな。悪かった。だが、劉伶さまを逝かせるつもりはないん
だ」
「わかっています。おふたりが劉伶さまを大切に思われていることは十分伝わってき
ますから。私も、劉伶さまの気持ちを裏切らないように努めさせていただきます。
あっ、食事はしばらく劉伶さまの毒を抜くための献立が多くなりますが、お元気にな
られたら玄峰さんのお好きなものも作りますね」
今晩も足りなかったように見えたし、もっと肉や魚を食べたいのではないだろうか。
この筋骨隆々の体を保つにはそれなりの源がいる。
「お、俺はいい。劉伶さまの好きなものを頼む」
やはり優しい人たちだ。玄峰さんも博文さんも。そして劉伶さまも。
心なしか頬が紅色に染まった彼は再び歩き始めた。そして着いたのは、劉伶さまの
部屋にほど近い、とてもきれいな一室だった。
「ずっと使われていなかったから、風通しだけはしておいた。寝台も寝具も新しい。
使ってくれ」
「ありがとうございます」

「この離宮には門はひとつだけ。あとは高い塀に囲まれ、なおかつ裏は断崖絶壁だ。簡単に人は侵入できない。だから安心して眠れ。博文は劉伶さまの隣。俺は一番門に近い房だ。なにかあれば訪ねて」

私は門から遠くにしてもらえたようだ。

心配ないと言いつつも、有事に備えてに違いない。

「ありがとうございます。おやすみなさい」

「あぁ」

ぶっきらぼうな返事をした玄峰さんは、すぐに出ていった。

寝台の上の朱色の衾（ふすま）にはきらびやかな刺繍（ししゅう）が施されていて、ひと目で一流の品だとわかる。

こんな素晴らしいものを纏うのは気が引けて恐る恐るくるまった。

緊張で眠れないかもしれないと思ったのに、今日はいろいろあったからしばらくすると眠りに落ちていった。

「麗華さん」

誰かが呼んでいる気がして目を開くと、月が南の高いところに昇っている。

「麗華さん、夜分にすみません」

この声は博文さんだ。私は急いで扉を開けた。

「起こして申し訳ない。劉伶さまが……」

「どうかされました？」

「来ていただけますか」

「はい」

静寂を緊張の糸が縫う。体調が急変でもしたのだろうか。

彼のあとに続いて足を速める。

「実は以前からなのですが……劉伶さまは夜中にうなされるのです。今も苦しそうにしています。もし麗華さんに診ていただいて原因がわかるならと思いまして」

「ですが、私は医者ではないので……」

体の不調に効きそうな食材で料理ができるだけであって、病の原因なんてわからない。

「承知しています。でも私たちにはお手上げでして。劉伶さまは弱音を吐くのが嫌いなので、翌朝はなんでもない顔をしています。ですが、見ているこちらがつらい。藁にも縋りたいのです」

「わかりました」

できることがあるならやってみよう。

毒のせいなのかもしれないが、夜だけうなされるというのは違う気もする。

劉伶さまの部屋の前に到着すると、たしかにうなり声がした。

「どうぞ」

博文さんが扉を開けたので早速足を踏み入れ、寝台に近づく。すると劉伶さまは、額にびっしょり汗をかいて苦悶の表情を浮かべていた。

「汗がすごい。ですが発汗は毒を排出する効果もありますので、必ずしも悪いわけではありません」

衾をはだけた彼は、薄い夜着が乱れて胸元が見え隠れしている。そこから武官の姿が垣間見えるような筋肉が露出していた。

「博文さん。布を水に浸して持ってきてください。熱はないようですが、汗が皮膚に残ったままですと体が冷えます」

「すぐに」

博文さんは部屋を出ていき、代わりに玄峰さんがやってきた。

「劉伶さまはいつもこの調子なのですか？」

「そうだな。あの日からほぼ毎晩。毒が少しずつ抜けてくればよくなると思ったんだが、元気にはなってもこうしてうなされている」

大きな玄峰さんが肩をがっくりと落とす。

〝あの日〟というのは毒を盛られた日に違いない。

「心に傷を負われているのではないでしょうか」

「心?」

昼の様子を見ていると、うなるほど具合が悪いとは思えない。他に考えられるのは心。

私も両親を立て続けに亡くしたあとは、しばらく熟睡というものからは遠ざかっていた。

「はい。眠りにつきやすいものを用意しましょう。ゆり根があったはず」

ゆり根は神経の高ぶりを抑え、不安感や不眠を和らげる効果がある。

そこへ博文さんが水の入った壺と布を持ってきた。私は布を水に浸して絞り、劉伶さまの額と首筋の汗を拭った。

「劉伶さま、皆ここにいますよ。なにも心配いりません」

そう話すと、彼のまぶたがかすかに動く。

聞こえている?

私はもう一度語りかけることにした。

「安心してお眠りください。あなたのことは皆で守ります」

今度はそう伝えながら、骨ばった男らしい彼の手を握る。

自分から触れるなんて普段なら羞恥心に駆られてとてもできない。しかし今は、彼を楽にしたい一心だった。

人肌の温もりが心を癒すと信じて。

昔、母の手を握って眠っていたことを思い出したのだ。

するとそれが奏功したのか、苦しげなうめき声が消え、昼間の温容を取り戻した。

「落ち着かれたようですね。ゆり根を準備しようかと思いましたが、起こすのは忍びありません。このまま眠っていただきましょう」

もう一度額の汗を拭いながらふたりに伝える。

「そうですね。それでは麗華さんは房へ」

「このままここにいてはいけませんか？　また苦しみだしたらなだめて差し上げたい」

私の申し出にふたりは顔を見合わせている。しばらく交わす視線に言葉をのせているようだったが、博文さんが口を開いた。

「承知しました。しかし今晩は花冷えします。麗華さんまでも体調を崩さないように。玄峰、衾をお持ちして」

「おぉ」

玄峰さんが出ていくと「私もここで見守ります」と博文さんが言う。

「いえ、もし信用していただけるなら私だけで十分です。家族が病に倒れたときは、交代で看病するのがいいんですよ。そうでないと全員が疲弊して結局病人のためにもなりません。明日、昼間はおふたりがお見守りください」

今までそうした家族を数多見てきた。治癒まで長くかかる病であればあるほど、役割は分担したほうがいい。

「そう、ですか。それならばそういたしましょう。なにかあれば隣の房をお訪ねください」

どうやら信頼は得られているようだ。

それから玄峰さんが私の部屋から衾を持ってきてくれたので、それにくるまり椅子に腰かけたまま劉伶さまを見守った。

朝まで数回、彼はうなり声をあげた。けれどもそのたびに手を握ると、またすとんと眠りに落ちる。毎晩この調子だったのなら、随分睡眠が不足しているに違いない。

不眠というのは万病のもとでもあるので、体調がなかなか戻らないのはこのせいかもしれないと感じた。

「麗華」

誰かが私を呼んでいる気がするが、眠り足りなくて目を開けたくない。しかし、ガクッと椅子から落ちそうになり、支えられた。

「危ないよ」

「あっ、劉伶さま！　お、おはようございます」

まぶたを持ち上げると、寝台に座った劉伶さまが身を乗り出してきて私の体を受けとめてくれていたので吃驚する。

抱きしめられるような体勢が恥ずかしくてたまらず、慌てふためいて離れた。

ふと窓の外を見ると、太陽がすでに昇っている。朝食を頼まれていたのに寝すぎてしまったようだ。

「まさか麗華のほうが闖入するとは。俺のこと、襲いに来たの？」

「襲いになど……。私には劉伶さまを殺める理由などありません！」

必死に訴えると、彼は瞬きを繰り返している。

「あぁ、そっちの襲うね。それはまったく心配してない」

それじゃあ襲うって？

「夜伽に来たのかと」

それを聞き、目が真ん丸になった。

「ち、違います」

「そうみたいだね、残念」

残念とはどういうことだろう。

予測もしていなかったことを言いだされたせいで、頭が真っ白になり思考がまとまらない。

「食事を作らないと」

急いで立ち上がったのに、腕を引きとめられた。

「ひと晩ついていてくれたんだね。久々に快眠できたよ」

あんなにうなっていたのに？

「ずっと眠れなかったんですか？」

「うん。漆黒の得体の知れないものが俺を殺めに来るんだ。逃げようと必死に走っているのに決まって蹌踉めいてしまって。馬乗りになられて剣を振り下ろされそうになるところで目が覚める」

これはやはり心の問題だろう。毒を盛られるという凄惨な出来事でできた傷が癒えていないのだ。

「ここには博文さんと玄峰さん、そして私しかいません。誰も襲ったりしませんし、皆で劉伶さまを守ります」

「麗華、ありがとう」

劉伶さまは極上の笑みを浮かべた。

「それでは」

妙に面映ゆくてそそくさと退室したあと、深呼吸をする。

劉伶さまと話していると、胸が苦しくなるのはどうしてだろう。

そんなことを考えながら、厨房に急いだ。

劉伶さまが不眠とわかったので、昨日作った陳皮酒に不眠や不安感に効果があるゆり根も放り込む。これが飲めるようになるのはまだまだ先だけど、就寝前に一杯飲んでもらうのもいいかもしれない。

それから朝食の準備だ。

昨日水につけておいた高麗人参が戻っている。高麗人参は高価なのでいつも使えるわけではないが、疲労の回復にはこれが一番いい。

残しておいた鶏肉と生姜、不老不死の薬とも言われる松の実、水毒にも効果的な椎茸を入れて米を煮込み、ほんの少し塩を効かせる。

これだけで立派な朝食になる。

しかし昨晩の食べっぷりを見ているので、もう少しお腹にたまるものをと、腎を養う豚肉を手にした。

どうしようか考えあぐね、肉を味噌につけることにした。しばらく置いておいたあと、解毒効果がある菜の花と一緒に炒める。

朝から肉なんて贅沢で私は食べたことがなく、いつもは粥くらいで済ませるが、これで大男たちの胃袋も満足するのではないだろうか。

もう少しでできあがるというところで玄峰さんがやってきた。

「いい匂いだ」

「おはようございます」

「おはよう。昨晩は助かった。今、博文が劉伶さまのところに顔を出したら、起きていたから驚いたと」

あぁ、そうだった。彼は寝起きが悪くなっているんだった。

「私より先に起きられていましたよ」

「それは珍しい。どれほどつついても起きないのに」

深く眠れたので目覚めがよかったのかもしれない。

「今、お茶を淹れますので、先に料理を運んでいただけますか?」

「わかった」

彼は器に盛った料理の匂いを嗅いだあと、それを持って出ていった。

毒を早く排出したいので、代謝をよくする烏龍茶を淹れる。

毒を盛られた人の体調を整えるのは初めてで、これでうまくいくかどうかはわからないけれど、今はやるしかない。

磁器でできた茶壺にお茶を作り、茶杯を四つ用意して、劉伶さまの部屋に向かった。

途中、厨房へ戻ってくる玄峰さんとすれ違うと、残りの料理を運んでくれるという。彼は働き者だ。

「お茶をお持ちしました」

「ありがとう、麗華」

昨日よりずっと顔の艶（つや）がいい劉伶さまを見て、私がしていることはきっと間違ってはいないと胸を撫で下ろす。

「玄峰の食べっぷりを見たから、肉もこんなに用意してくれたの？」

「それもありますが、肉は精をつけるものです。劉伶さまの体力回復にも必要かと思いまして」

お茶を茶杯に注ぎながら話す。

「麗華、薬膳は完璧だね」

「いえ、まったくです。なんとなくしか知りませんので、体が冷えているだろうときは温めるもの。そしてその逆。あとは胃腸を整えるものとか、水分を排出するものなどを知っているだけです。だから間違っていたらすみません」

薬膳料理はもっと奥が深い。弁証施膳（べんしょうせぜん）が重要だ。

漢方の理念に基づき、体調や症状、季節なども踏まえて献立を立てる。そして人間の生命活動に必要な〝気血水（きけつすい）〟を整える。

他にも陰陽五行説があり、それらの調和を取ることがよしとされているが、すべてを覚えて実践するのは本当に大変で、調理が嫌になってしまう。

なので、ほどよくその知識を使ってよさそうな料理を作っているだけ。

「でも、昨日より体が軽いよ」

「それはしっかり食事をされ、眠ることができたからでは？　食べることと寝ることは、人間にとって重要な活動ですから」

薬膳料理は薬ではない。そんなにすぐに効き目が表れるわけではないと思ったが、劉伶さまのむくみは多少引いているように感じる。

「そうか。大切なものがふたつとも欠けていたのか」

劉伶さまがしみじみと漏らすと、残りの料理を持った玄峰さんが現れた。

「それじゃあいただこう」

それを受け取った博文さんが私に一瞬視線を送ってから、いち早く粥を口に運んでいる。毒見だろう。

玄峰さんは豚肉に手をつけた。だから私は烏龍茶から。これですべての毒見が終わる。

「なあ、もうやめよう。麗華が俺を殺めたいなら、昨晩とっくに手にかけている」

劉伶さまは毒見をしていることに気づいていたらしい。残りのふたりは顔をこわばらせた。

「麗華が付き添うことを博文が許可したのではないのか？　大変なときだけ信頼して、あとは疑うなんて失礼だ」

「そう、ですね。麗華さん申し訳ない」

博文さんに頭を下げられて慌てる。

「いえ。毒見をしていただいたほうが私も安心すると言いますか……」

清廉潔白だと自ら証明するのは難しい。ふたりが毒見をしてくれるならそれでいい。

「な？　こんな人間が毒を盛るか？」

劉伶さまが念押しするように言うと、珍しく玄峰さんがにんまり笑った。

それから三人共に、どんどん食べ進んだ。

「はー、肉はいい」と玄峰さんがつぶやけば、「肉ばかりでなく菜の花も食べなさい」と博文さんが母親のように注意している。

「この粥だけあれば、一日の栄養がとれそうだ」

「肉もいる」

「粥にも鶏が入ってるだろ」

劉伶さまの発言に、すぐさま「肉」と反応する玄峰さんがおかしくて、皆で笑い合う。

〝毒〟なんて震え上がるような発言で緊張もしたけれど、張り詰めていた空気が緩んだ。

「しかし、麗華の作る食事はうまい」

劉伶さまは機嫌よく粥を口に運ぶ。

それほど褒められるとは、欣快の至りだ。私でも役立つことがあるのだと。

「ありがとうございます」

「しかも昨晩はよく眠れたしなぁ。なにをしてくれたの？」

「あっ……。額の汗を拭って……」

『手を握りました』とは照れくさくてどうしても言いだせない。彼を安眠に誘いたくて尽瘁しただけではあるけれど。

歯切れが悪かったからか、博文さんが口を挟む。

「麗華さんは『なにも心配いりません』とおっしゃり、劉伶さまの手をしっかり握られていました。それで安心して眠りに落ちたのでしょう」

あぁ、知られてしまった。

きまりが悪くてうつむくと、「麗華」と聞いたことがないような艶やかな声で、劉伶さまに名前を呼ばれた。

「はい」

「ありがとう。君の手も料理も俺には救世主だ」

「そんな」

それは針小棒大（しんしょうぼうだい）というもの。けれども、頬が緩んだ。

朝食の片付けが終わると、玄峰さんが馬で村まで送り届けてくれた。

「お昼ご飯は大丈夫でしょうか？」

村に帰ってきたいと訴えたのは私だが、心配になる。

「まずい飯なら作れる。夕刻に迎えに来る」

「まずいって……」

あまりに自信満々に言うので、噴き出しそうになりながら彼を見送った。

玄峰さんと別れてからは家に戻って料理を作り始める。そして、すぐに趙さんの家に向かった。

「こんにちは。調子はいかがですか？」

呼びかけるとお嫁さんがすぐに出てくる。

「麗華さん、わざわざありがとう。食欲が出てきたのよ。血色も戻ってきてる」

「よかった。もう一品作ってきたんです。もし食べられれば」

気虚のときに食べるといいと言われるじゃがいもと、離宮で分けてもらってきた鶏肉を細かく切って入れ、さらには高麗人参を加えて甘辛く煮たものを器に入れて持ってきた。

じゃがいもは崩れるほど軟らかく煮たし、肉も簡単に飲み込める大きさにしたので、おじいさんでも食べられるはず。

「助かるわ。あら、高麗人参じゃない？　こんなお高いもの……」

「私もいただいたんです。だからぜひ」

私はまだ温かい料理を渡して、趙さんの家を出た。

水毒にもじゃがいもはよかったはず。

そんなことを思い出し、家にたくさん常備してあるものを離宮に持っていこうと考えた。

それからは畑仕事。えんどう豆がたくさん収穫できた。そしてふと裏手にある竹林を見つめる。

「筍（たけのこ）、あるかな」

ちょうど収穫できる時季のはず。

筍は尿の出を促す食材で、水毒にも効果がある。筍を使って、もち米を炊こう。ゆり根も入れれば最高だ。

自分ひとりでは適当に済ませる食事も、誰かのために考えて作るのは楽しい。

突然の料理番だったが、それを楽しんでいる自分に気がついた。

夕刻になると、今度は博文さんが迎えに来た。どうやら玄峰さんは出かけているらしい。

「それはなんです？」

「今日収穫した野菜です。筍も見つけたんですよ」

探すのに苦労したものの見つけることができた。

「おぉ、あの歯ごたえが好きです。私たちでは調理できないからうれしい」

博文さんが昨日より警戒のない表情に見えるのは当て推量だろうか。

離宮に着くと、劉伶さまが出迎えてくれた。

「麗華、待ってたよ。久しぶりだね」

「朝ぶりですよ」

おかしくて噴き出してしまったが、それほど私の到着を待ち望んでいたのだと思うと、頬が上気する。

また三人を料理で喜ばせたい。

「劉伶さまは調子がよくて、今日は昼間に眠りこけることもありませんでした」

なるほど。夜眠れない分、昼に睡眠を確保していたのか。

「舌を出してください」

いきなりだけどそう伝えると、素直に出してくれた。

「まだ歯痕が残っていますね。でも食事を楽しみながら少しずつよくなるといいですね」

「うん」

食材に気を配るのも大事なことだが、まずはおいしくいただくのが大切だ。

厨房に向かうと、食材を運んでくれた博文さんだけでなく、劉伶さままでついてきた。

「俺が麗華を迎えに行くと言ったのに、博文が過保護で許してくれなかったんだよ」

「当然です。劉伶さまが迎えに来られるなら、私がひとりで来ます」

あなたは毒にあたっているのよ？

「なんだ、皆優しいんだな」

「わかっているなら、おとなしくしてください」

博文さんにぴしゃりと叱られた劉伶さまは、先ほど出した舌をもう一度ぺろりと出した。

「見学していい？　ほら、麗華がいないときは自分たちで作らないといけないし」

「体はつらくありませんか？」

「うん。こんなに調子がいいのは久しぶりなんだ」

たしかに頬に赤みがさしているし、大丈夫かもしれない。

「わかりました」

「うん。ねぇ、これは？」

彼は陳皮ゆり根酒を指さす。

「陳皮とゆり根をつけたお酒です。ひと月ほど熟成させてからお召し上がりください。陳皮は新陳代謝を促すので毒の排出にも役立ちますし、ゆり根は不眠に効果があります」

「へぇ、楽しみだ。こっちは？」

今度はその隣を指さす。

「こちらは高麗人参と棗のお酒です。疲労回復にいいんです。これも熟成させなければなりませんが」

「麗華さんは本当に物知りですね」

博文さんが感心しているが、村の人たちの手当てをしていて徐々に身についた知識だ。

「博文。馬が駆ける音がする」

「玄峰ですね。失礼します」

私にはなんの音も聞こえないけれど、博文さんもわかったらしい。

「玄峰さんはどちらに？」

「えーっと、友人のところ」

「友人？」

三人だけでひっそりと暮らしていくのかと思っていたので、少し意外だった。けれども友がいるのはよいことだ。

それから筍のあく抜きをしたり、いんげんを切ったりしていると、劉伶さまが「手際がいいね」と褒めてくれる。

「普通ですよ」

「麗華はあの村から出たことはないの？」

「はい。市場には行きますが、ずっとあそこで暮らしています」

他の村についてはよく知らない。それにここから何刻か北上したところにある皇帝の住む昇龍城も、噂はよく聞くものの本当のところは知る由もない。

「村から出てみたいとは思わない？」

「うーん。興味がないわけではありません。でも、近隣の人たちが私を家族のように大切にしてくれますし、贅沢はできませんけど楽しく暮らしているので十分です」

本音を伝えると彼は小さくうなずいた。

しばらくして、博文さんが劉伶さまを呼びに来た。どうやら馬の足音は正解だったらしく、玄峰さんが話があるとか。

ひとりになった私は、ひたすら調理を続けた。

今日は筍とゆり根、さらには鶏肉と緑豆を入れて、生抽、そして高麗人参をつけておいた酒を少し加えてもち米を炊く。

それから豚肉を細かく刻んで味噌と黒砂糖で煮て、別に茹でたじゃがいもと和え、片栗粉でとじたそぼろ煮を作る。最後に水毒に効くさやえんどうを彩りよく添えた。

そして精神の安定をもたらす鶏卵をふわふわに焼いて一旦取り出し、大蒜を香ばしく炒めた油で、腎の働きを高めたり体を温めたりするにらと枸杞の実を手早く炒める。そのあと卵を戻して塩と砂糖で味を調えて一品。

「うまくできた」

残るは烏龍茶を淹れるだけ。

先にお茶を持ち劉伶さまの房を尋ねると、玄峰さんが扉を開けてくれた。彼はすぐに料理を運ぶために厨房に向かう。

「麗華、もうできたの？」

「はい。お昼がおいしくなかったと博文さんにお聞きしたので急ぎました」

「そうそう、まずくて」

劉伶さまは眉根を寄せ、大げさに肩をすくめてみせる。

その仕草で空気が和んだが、扉が開いたとき張り詰めたような空気を感じたのは勘ぐりすぎだろうか。

お茶を淹れていると、博文さんも料理を取りに向かった。

「今日はゆり根が炊き込みご飯に入っています。不眠に効きますので食べてくださいね」

「ありがとう。でも、ゆり根より麗華の手がいいな」

それは彼が眠っている間、手を握っていろと言っているのだろうか。

「いえっ、それは……」

「麗華が握っていてくれれば、今晩もうなされずに済むような気がするんだ」

「それでは俺が握りましょう」

そのとき、ちょうど玄峰さんが入ってきてそんなことを言いだした。

「かえって悪夢を見そうだ」

あからさまに肩を落とす劉伶さまは、ふてくされた顔。

この三人は私に比べたらずっと大人なのに、意外と無邪気な表情も見せる。それが親しみやすく感じる所以(ゆえん)なのかもしれない。

続いて、博文さんも残りの料理を持ってきた。

「劉伶さま、ここに皺(しわ)が寄っていますが？」

彼は目ざとい。劉伶さまの不機嫌に気づき、自分の眉間を指さしている。

「今宵も麗華に手を握っていてほしいと頼んだら、玄峰が握ると言うからだ」

「あっはは。それは妙案だ」

「博文まで！」

大笑いされた劉伶さまが、口を尖らせている。

それでも卓子にすべての料理が並ぶと、彼の目は輝いた。

「俺が最初に食べる」

そして私たちを制して、最初に炊き込みご飯を口に運んだ。

そうやって私への信頼を示しているとわかったので、胸がいっぱいになる。

今日は劉伶さまの行為を、残りのふたりも止めなかった。

「はー、うまい。昼飯はなんだったんだ」

感嘆の溜息をつく劉伶さまを見て、「もう食べるぞ」と玄峰さんがそわそわしている。お腹が減っているらしい。

「駄目と言いたいところだけど、どうぞ」

劉伶さまから許可が出ると、ふたりは一斉に食べ始めた。

三人ともしばらく「うまい」という発言しかしない。

私もご飯を口に運びながら多幸感に包まれていた。

私の作った料理が三人を喜ばせている。

両親を失ってから無我夢中で今日まで走ってきたけれど、こうして喜びを露わにされると生きていてよかったと感じられる。

半分くらい食べ進んだところで、ようやく博文さんが口を開いた。

「それで今晩ですが、本気で玄峰に手を握らせましょう」

「は？　それは勘弁してくれ」

箸を落としかけた劉伶さまが、眉をひそめる。

「ですが、麗華さんは昨晩もまともに眠っていません。劉伶さまの睡眠も大切ですが、麗華さんの健康を損ねては料理を作ってもらえなくなります」

「それは困る」

即答する劉伶さまだけど、明らかに失意の表情を浮かべる。

「私、頑張ります」

「なりません。麗華さんが皆で交代しなければ全員が倒れるとおっしゃったではありませんか。その通りだと思ったので、私たちは房に戻ったんです」

博文さんが声を大にすると、劉伶さまが申し訳なさそうに口を開く。

「皆、ごめん。俺はひとりで大丈夫だから眠ってほしい」

劉伶さまの言葉に、あとのふたりは完全に食べるのをやめ黙り込んだ。

大丈夫なわけがない。あんなに苦しんでいたのに。

「隣で眠ってもらうか……」

静寂を破るように、博文さんがぼそりとつぶやく。

その発言に劉伶さまは驚愕し、私は言葉をなくした。

「いや、さすがによくないな」

すぐさま否定した博文さんに、劉伶さまが首を横に振る。

「秘策中の秘策だ」

「劉伶さまがもっと信頼できる男ならば秘策でしたが」

博文さんは呆れ声で言い放ち、肩をすくめた。

「信頼しろ！　麗華の手にしか触れない」

「それはどうだか。やはり俺にしよう」

今度は玄峰さんがそう提案するので、おかしくて笑ってしまった。

「それでは、万が一のときは、もう二度と食事を作らないということでいかがでしょう」

私は口を挟んだ。

劉伶さまがあまりに真剣で、そして眠れないのが気の毒で、折衷案を出したつもりだったが、よく考えれば男性と閨を共にするなんて大胆だと後悔した。

「決まったな」

しかし劉伶さまがパンと膝を叩き喜んでいるので、撤回できない。

「劉伶さま、頼みますよ。この食事が食べられないとなると……あの地獄が待っているんです。わかっていますね」

博文さんが思いきり顔をしかめている。

地獄と言うほど食生活がひどかったのだろうか。まあ、料理の心得のない彼らが作ったものだから、なんとなく想像はできるけれど。

「もちろんだ。玄峰、ここに寝台を運んでくれ」

「わかりました。でも、なにかしでかしたら、劉伶さまを許さない」

この中で一番大食いの玄峰さんの鋭い視線が、劉伶さまを一刺ししている。

「わ、わかったよ。玄峰に殺されかねないから、誓う」

こうして私の添い寝が決定した。

食事も済み、持参した夜着に着替えたあと、劉伶さまの部屋に向かう。扉の前に立ったはいいが、緊張で声をかけられない。

　彼を助けたい一心だったけれど、夫婦でもないのに……と躊躇していると、「麗華、入っておいで」と中から声がする。

　気づかれていたようだ。

「失礼します」

　口から心臓が飛び出しそうになりながら、ゆっくりと扉を開けた。

　劉伶さまは私に近づいてきて、「いらっしゃい」と手を差し出す。

「えっ？」

「お手をどうぞ」

「い、いえっ」

　男性からこんな丁寧な扱いをされたら、卒倒しそうだ。

「大丈夫。手は許されてるから」

「でも」

　まともに顔を見ることができずにうつむくと、彼のほうが私の手を握った。

「玄峰の手では駄目だ。やはりこの手でないと」

　そうだった。私の手は安眠を得るための道具にすぎないのに、ひとりで舞い上がったりして恥ずかしい。

「ゆり根の効果があるといいのですが」

「そうだね」

即効性があるわけではない。でも、効いてほしい。

「さぁ、こちらへ」

促されて部屋の奥へと視線を移した瞬間、息が止まりそうになった。寝台がふたつ寄り添うように並べられていたからだ。

私の寝台は隅に置かせてもらい、うなされたときだけ近寄って手を握るつもりだったのに、真横で眠れと？

「どうかした？」

「劉伶さま、これは……」

「あぁ、隣ならわざわざ起きてくる必要がないと思ってね。それとも、ひとつの寝台で寝る？」

なにを言っているのだろう。

「とんでもない！」

「なんだ。麗華がいいなら、博文に内緒でそうしようかと思ったのに」

どこまで本気なのか、彼は沈着の表情で言葉を紡ぐ。そして言葉を失くして何度も首を横に振る私を見て、くすっと笑みをこぼした。

少し強引に手を引かれて寝台に横たわると、劉伶さまは隣の寝台に寝転んだ。そして、すこぶる満足そうに私を見つめる。

こんなに間近で息をされると緊張する。といっても、呼吸をしないわけにはいかない。

「はい」

それから彼は私に手を差し出した。

まさか、手をつないだまま眠ろうと？

「劉伶さまがうなされだしてからで……」

「夢見が悪いのは結構つらいんだ。ね？」

甘えるような声色で懇願されては断れない。思いきって手を出すと、優しく包み込むように握られた。

「おやすみ、麗華」

「おやすみなさい」

挨拶を交わしたあと、劉伶さまはすぐに目を閉じた。

窓から差し込む月明かりが、彼の端整な顔を淡く照らす。

長いまつげに、凛々しい一字眉。うめきを漏らす唇の色素は薄めだが形は整っている。

けれども、まさかこれほど美麗な男性と一緒に眠りにつくなんて思ってもいなかった。やはり安眠は大切だ。

私は彼の手の力が緩んだのを確認してから目を閉じた。

なんとその夜は、一度もうなり声を聞くことなくぐっすりと眠った。

「はっ」

明るくなっているのに気がつき目を開くと、隣で横たわる劉伶さまがまじまじと私を見つめているので、驚いて仰け反る。すると寝台から落ちそうになり、間一髪支えられた。

「危ないよ、麗華」

「だって」

「ありがとう。あれから、朝まで起きずに眠れたのは初めてだ」

〝あれから〟とは、毒を盛られてから？

夜着の乱れを整えて寝台の上に座ると、彼もまた上半身を起こした。

顎周りが昨日よりもすっきりしているような。余計な水分が抜けてきているのかもしれない。

「それは、よかったです。失礼します」

見られているのがいたたまれず、すさまじい勢いで部屋を飛び出すと、劉伶さまの笑い声が廊下まで聞こえてきた。

それから三人と私との奇妙な同居生活は半年間続いた。

薬膳料理が効いてきたのか、劉伶さまは夜中に苦しむことが減ってきて、もう手を握らなくても朝まで起きないということもある。けれども、添い寝はやめられない。まったくうなされないわけではなく、そのたびに手を握っているからだ。

――というのは多分言い訳で、他愛もない話をして過ごす彼との時間が楽しくて、離れがたいというほうが正しい。

もちろん、そんなことを口には出せないけれど。

劉伶さまは、毒を排出できたのか、はたまた安眠を確保できたからなのか、むくみも取れ、整った顔立ちがいっそう引き締まっている。舌の歯痕もすっかりなくなった。

実はひと月ほど前、体調を崩すことが多かった趙さんのおじいさんが再び臥せり、その看病のために奔走した。

そのとき、おじいさんの薬膳料理を作るための高麗人参をはじめ、高価で買えない鴨肉などを、劉伶さまが『麗華を育ててくれた人だから』と市場で手に入れて届けてくれたこともあった。

そのおかげかおじいさんは全快し、趙さん一家も劉伶さまたちに感謝している。

そんな劉伶さまたちと私の関係はよりいっそう深まり、私も離宮に行くのが楽しくてたまらない。

劉伶さまの体調がすっかり回復してからは、陳皮ゆり根酒などは続けているものの、特に効能を気にせずにたくさんの料理を振る舞ってきた。

劉伶さまはさまざまな食材を入れた炊き込みご飯や粥が好きで、特に鶏の湯を使って作ると、目を輝かせて「うまい」を連発する。他には花椒を効かせた辛い麻婆豆腐が大好物。

玄峰さんは牛肉と野菜を一緒に炒めて牡蠣油で味付けした青椒肉絲(チンジャオロース)を好む。まあ、肉を出せば大体笑顔だ。

博文さんは海老が好きで、すり身を団子にして羹にするとあっという間に食べてしまう。

私は三人の穏やかな表情を見ているだけで、幸福な気持ちになれた。


しかし、秋の米の収穫の時季を迎えると、村の様子が激変した。

香呂帝が、贅沢な暮らしを維持し後宮をさらに大規模にするために、地方の国民にとんでもない税を吹っかけてきたのだ。

それは、野菜を売って細々と暮らしている人たちにはとても納められないもので、村の中では裕福なほうの趙さんですら「自分たちが食う分も残らない」とこぼすほど。

容赦なくむしり取られて、たまの贅沢にと購入していた肉や魚は買えやしない。このままでは生活が困窮していく。

そのせいか、村の人たちからの薬膳料理の依頼も極端に減り、心が痛い。

「麗華は最近浮かない顔をしているね」

「そう、ですね。村の人たちが困っていて」

添い寝をするようになってから、寝る前のわずかな間の劉伶さまとの会話が楽しみなのに沈んでいてはもったいないと思いながらも口を開いた。

「税の件か」

「はい。他にもまだ……」

寝台に横たわって話していたのに、彼は起き上がった。だから私もそうする。

「禁軍のことか」

「ご存じなんですね」

「あぁ。香呂帝が西方にある国を手中に収めたくて、禁軍を強化すると言いだしたんだな」

私は大きくうなずいた。

「そうです。それで地方から兵士をかき集めていて、村の若い男子も連れていかれたんです。破格の報酬は提示されたようですが……」

「それは嘘だな。今の彗明国に支払える能力はない」

「そんな……。村も働き手が減って、どんどん困窮しているのに。その報酬がなければ、皆飢えてしまう」

彼に訴えてもどうにもならないことはわかっている。けれども、こういうときは弱者に皺寄せがいく。趙家のおじいさんのように病弱な人たちが食べ物を口にできなくなったら命すら危ないので、言葉が勝手にこぼれた。

劉伶さまは腕を組み、しばらく黙り込んだあと口を開いた。

「やはり、行くしかあるまいか」

「行く？　どちらに？」

聞き返したのになにも言わない。

「麗華。お前は本当に優しいな。お前のおかげで久しく忘れていた穏やかな時間を過ごすことができたよ」

「劉伶さま、どうされたんですか？　いったいどちらに行かれるんです？」

「準備が整ったら、ここを離れる。村が困窮しないようにする。これは刎頸の友の約束だ」

彼が私のことを〝刎頸の友〟と口にしてくれたのがうれしくて、感動が胸に押し寄せる。

「ありがとうございます。でも、いなくなってしまわれるのですね」

村を救うと言っているのだからもっと喜ぶべきなのに一抹の寂しさを感じるのは、三人との生活を失いたくないからだ。

「俺はとある役割から逃げてきたんだ。なによりも平穏な生活がしたくてね。だからこの半年は吉夢でも見ているかのようだったよ」

彼は核心をぼかす。

〝どこ〟に行くのか言及しないし、その役割についても触れない。けれど、彼は安易な行動はしないと確信しているので、あえて聞かないことにした。

そもそもこの離宮にやってきた理由も知らないのだから。

「大国を成すには、隗より始めよだ。国民の生活を守れないのに、西方の国など手に入るわけがない。香呂帝の尸位素餐をなんとかしなければ」

香呂帝の名が出てどきりとする。

劉伶さまたちが高貴な出だとはわかっている。でも、皇帝をなんとかできるほどなのだろうか。

噂では、官吏であっても香呂帝の意に反した者は処刑されたり昇龍城から追放されたりするという。誰も逆らうことが許されないほど高いところにいるお方だ。

不満が渦巻いていたとしても、飲み込むしかないのが私たち。

それなのに、なんとかできるの？

いや、簡単にそんなことができるはずもない。

「ここで見聞きしたことは決して話してはならない。麗華の身の安全が危ぶまれるからね」

「私の？」

「あぁ。麗華は俺たち三人にとって、家族のような存在になった。お前がいたからこそ、ここでの生活が楽しくて、俺もこうして頑健な体を取り戻した。今度は俺たちが麗華の生活を守る番だ」

話すなと言われれば他言などしない。しかし、彼の発言の端々に切羽詰まったような感情が見え隠れしていて、胸騒ぎが止まらない。

「また会えますよね」

「あぁ、もちろんだ」

彼の笑顔を見てようやく安堵の胸を撫で下ろした。


それから十日。

私たちは今までと変わりない生活を楽しんだ。

けれど、玄峰さんは私のいない昼間はどこかに出かけることが多いらしく、疲れが出たのか顔が火照り、舌が真っ赤になっている。

　陽盛の状態だと感じたので、体の熱を抑える茄子と、彼の好きな牛肉を合わせて、生姜の効いたしぐれ煮を作ったり、熱を取り除く効果のある葛で葛茶を作って飲んでもらったりした。

　すると、もともと体力がある彼はすぐによくなった。


　そして、最後の朝を迎えた。

　私はひとり劉伶さまの房に呼ばれ、向き合う。いつもより彼の顔つきが精悍だと感じるのは、思い過ごしだろうか。

「麗華。今まで本当にありがとう。お前と出会えて俺は初めて幸福を知った」

「そんな……」

　そんなふうに思っていたとは驚きだ。

「お前が誰かを元気にしたいと奔走する姿を見なければ、俺は逃げたまま生涯を閉じたかもしれない。だが、与えられた役割はまっとうすべきだと思い直した」

「それは、どう……」

　その役割について聞きたくて途中まで口を開いたものの、その先は閉ざした。ずっと核心に触れないのには理由があると感じているからだ。

「お前は困った人がいると放っておけない性分らしい。それで助けられた俺が言うのもなんだが、自分も大切にしろ」

「劉伶さまもです。薬膳料理番がいなくなるんですから、いっそう体には気をつけてください」

「そうだな。また麗華と酒を酌み交わしたい」

彼は柔和な笑みを見せる。

「それに、この手も」

私の右手を不意に握った劉伶さまは、優しい手つきで撫でる。

なすがままにされていると、寂しさが胸にこみ上げてきて視界がにじむ。それに気づいた彼は、私を強く抱き寄せた。

添い寝を始めたとき、手以外には触れないと約束した彼にこうして抱きしめられたのは初めてだ。それが別れのときだとは、なんて皮肉なのだろう。

「麗華、また必ず会おう。お前の作った料理はしばらくお預けだ。再会したときには、あの麻婆豆腐を作ってくれ」

「はい。花椒の効いた、うーんと辛いのを作ります」

「あはは。食べられる程度にしてくれよ」

おどけた調子で答えるのに、私の背中に回った手には力がこもる。私は広い胸の中でうなずきながら、必死に彼の上衣をつかんでいた。

——この手を放したら、いよいよお別れだ。

それからどれくらいそうしていただろう。

別れの悲しみに打ちひしがれていると、扉の向こうから博文さんの声がする。

「劉伶さま、そろそろ」

「わかった」

劉伶さまは返事をしたあと、もう一度私を強く抱きしめてから離れた。

「麗華。必ず元気でいてくれ」

「劉伶さまも」

「あぁ」

彼はこらえきれず流れた私の涙を大きな手でそっと拭ってから房を出ていった。

村まで送ると言われたものの、ここで見送ることにした。大泣きした顔で村には戻れない。しばらく気持ちを落ち着けたい。

半年の間、お世話になった離宮の門が、ギギギーッと音を立てて閉まる。

「麗華、それでは」

劉伶さまは私の右手を再び握って持ち上げたあと、なんと唇を押し付けた。

呼吸をすることもしばし忘れて彼を見つめると、切なさの混ざった複雑な表情で微笑んでいる。

きっとまた会える。

もう泣き顔は見せたくないと、私も口角を上げた。

それから小さくなっていく三人の背中に手を振りながら、必死に涙をこらえていた。

けれども、とうとう見えなくなった瞬間、とめどなく涙があふれてきて止まらない。

「行かないで……」

劉伶さまの前で呑み込んだ言葉を吐き出す。すると感情がまったく抑えられなくなり、声をあげて思う存分惜別の涙を流した。

それからの生活は元通り。

しかし、村の人たちは重い税と若い働き手を失ったことで疲弊していた。

そんな中、私は体調のよくない人たちに積極的に薬膳料理を振る舞い続けた。それができたのも、劉伶さまが多額のお金を置いていってくれたから。『これで村の人たちを癒して』と託されたお金で、食材や漢方を買うことができたのだ。

そんな日が四カ月ほど経過した、はらはらと雪が舞う寒い朝。

「麗華、聞いたか？」

趙さんの家に、喉が痛いというお嫁さんのために菊花茶を届けると、趙さんに引きとめられた。

彼には三人は別の地に旅立ったと伝えてある。

「なにをですか？」

「香呂帝が崩御したそうだ。後宮は解散、軍も同様。若い連中が戻ってくる」

「崩御？」

ふと、『村が困窮しないようにする』と約束をして去った劉伶さまの顔が浮かんだ。

「あぁ。香呂帝の贅を尽くして民を顧みない生活に嫌気がさしていた地方の有力者が、軍を率いて昇龍城を囲んだんだそうだ。それで、無理やり禁軍に登用されて給金も払われていなかった兵士たちも寝返って……結局は自刎したらしい」

そんなことがあったんだ。

胸騒ぎがする。劉伶さまたちはもしかしたらその戦いに加担しに行ったのかも。彼らは無事なのだろうか。

「それで、そのあとは？」

「なんでも香呂帝の腹違いの弟が皇帝の座に収まったとか。反乱軍側の指揮を執った人物だそうだ。皇位簒奪を企てるなんて、よほどの切れ者か実力者なんだろうな」

劉伶さまたちも、その人に誘われて昇龍城に向かった可能性がある。

どうか無事でいて……。

反乱軍が勝利を収めたのなら、戦で命を落としていない限り戻ってくるかもしれない。

私は期待を胸に、三人の無事をひたすら祈り続けた。


その冬は風邪が大流行し、私は村の各家を走り回った。

新しい皇帝——光龍帝（こうりゅうてい）は良識ある人らしく、税も以前の水準までに戻してくれたので、生活が楽になった家も多い。

とはいえ、高価な高麗人参などは購入する余裕がないため、劉伶さまにいただいたお金で用意して、酒と、苦さをごまかすためにはちみつにつけて各家に配って歩いた。

疲労回復には効果覿面（てきめん）だからだ。

高麗人参が手に入らないときは、玄峰さんにも飲んでもらった葛茶に棗を加えて。

これは頭痛にもいい。

人が多い街では葛根湯（かっこんとう）という漢方薬が風邪によく効くと重宝がられているらしいが、それの代わりだ。

三人がいなくなったあと寂しさに胸を痛めてはいたけれど、こうして村の人たちの役に立てるのは私の誇りでもあった。

ようやく暖かな春の日差しを感じられるようになった頃。

馬に乗った武官が村に突然現れ、しかもなぜか私を捜していると聞き慌てた。

「あなたが朱麗華さんですね」

「はい、そうです」

玄峰さんのようにたくましい腕。腰には剣が下げられていて、緊張が走る。

「あなたの薬膳料理の噂を聞きつけ、後宮で尚食として働いてほしいとお迎えに参りました」

予想に反して跪き低姿勢で首を垂れる武官に吃驚したものの、それより後宮での仕事を打診されて衝撃を受ける。

「尚食？」

「いくつかある仕事のうちのひとつで、主に食事に携わる女官がいるところです。皇帝陛下の料理を担当していただきます」

食事に携われるのはうれしいけれど、後宮とは……。

一度足を踏み入れれば、光龍帝の崩御でもなければ二度と出られない。しかも陰謀渦巻く恐ろしいところだと聞いているので、簡単に承諾などできるはずもない。

「いえ、私には俄知識しかございません。とても役に立てるとは思えません」

瞬時に頭を働かせて断りの文言を考えたものの、もしかして後宮に行けば劉伶さまたちの消息がつかめるかもしれないと思い直す。

とはいえ、恐ろしい場所として刷り込まれている後宮に行くなんて、やはり気が重い。

「麗華さんが後宮に来てくださるのなら、この村に医者を配置せよとの命を受けています」

「医者を？」

村の皆が待ち望んでいた医者が来てくれるの？

薬膳料理だけではどうにもならず、亡くなる人もいる。医者がいてくれたら……と何度思ったことか。

「麗華さんはこの村に必要な人だと聞いています。ですから、代わりがいなければ後宮には来ないだろうと」

なぜそのようなことを知っているのだろう。

もしかして……。

「私を後宮に招いているのはどなたですか？」

「申し訳ございません。私も武官長から麗華さんを連れてくるようにと仰せつかっただけで、細かなことまではわかりません」

「そう、ですか……」

劉伶さまではないかと勘ぐったけれど、空振りだった。

どうしたらいいのだろう。

もし私を呼んだのが劉伶さまだったら、再会できるかもしれない。科挙、武挙試験を共に首位で通過した彼ならば、光龍帝に重用されている可能性もある。

でも、もし違ったら？

私の心は激しく揺れ動いた。

会いたい。彼が夜うなされていないかとても心配だし、なにより……あの添い寝がなくなって、寂しさを覚えているのは私のほうだから。

「私……」

「どうかお越しください。麗華さんを伴わなければ、私は帰るに帰れません」

武官はもう一度頭を下げる。

村に医者が来てくれたら、きっと助かる命がある。

それに……会いたい。劉伶さまに会いたい――。

それから三日。

私は考えに考えて、やはり村に医者は必要だと、結局承諾の返事をした。

私は返事を待ってくれていた武官と共に旅立つことに決めた。

お世話になった趙さんや近隣の人たちに後宮に向かうと伝えると、私と同じように怖い場所だと認識していた彼らは、一様に反対した。

「後宮なんかに行かなくても、麗華はここで暮らせばいいじゃないか。お前はもう皆の家族みたいな存在なんだよ」

趙さんに温かな言葉をかけられて、涙腺が緩む。

「ありがとうございます。でも村にお医者さまを手配してくださるんですよ」

「医者は本当に助かるが、麗華を犠牲にするようで……」

顔をしかめる趙さんの気持ちがありがたかった。

「私、両親を亡くしてから村の皆さんの優しさに甘えて生きてきました。今度は恩返しをする番です。ですが、心配しないでください。後宮でも料理の仕事ができるんですよ。嫌々行くわけではありません」

本当は不安でいっぱいだったものの、笑顔を作った。

昇龍城に行っても、劉伶さまたちに会える保証はどこにもない。料理ができるとはいえ、どんな扱いをされるのかもわからない。けれど、後宮入りを決めた以上は前を向いて歩いていく。

両親を亡くしてつらいことがあっても、自分にできることを必死にこなしていたら笑顔で暮らせるようになった。これからもそうするだけだ。

「麗華……。俺たちが寂しいよ」

趙さんがうつむいて声を震わせた瞬間、私の頬にも惜別の涙が伝った。でも、頬を拭って顔を上げる。

「今まで本当にお世話になりました。皆さんのことは、決して忘れません」

「俺たちも忘れない。元気で暮らせ、俺たちの娘よ」

趙さんの優しい言葉に再び涙がこぼれそうになったが、ぐっとこらえて笑顔で手を振った。


武官の馬に乗せてもらい、村から北へ三刻。

初めて昇龍城を目の当たりにして、足がすくむ。

目を凝らしても端がどこにあるのかわからないほど続く高い塀に、言葉も出ない。

その塀の真ん中に、離宮を思わせるような、眩（まばゆ）いばかりの美しい朱色の壁に瑠璃瓦が印象的な大きな建物が君臨している。

「こちらに光龍帝がいらっしゃるのですか？」

「いえ、ここはただの門です」

私をここまで連れてきてくれた武官に尋ねると、驚愕の答えが返ってきた。

「門？」

「はい。この先には政を司るいくつかの建物があり、その奥にまた門があります。光龍帝はその奥にお住まいになっており、後宮もそこにあります」

塀が高すぎて奥など見えないが、門がこれだけの規模なのだから後宮もさぞかし立派なのだろう。

「この南門は朱雀。北は玄武、そして東は青龍、西は白虎門です。ご存じかと思いますが、一度後宮に入られた女性は、外に出ることが叶いません」

覚悟してここまで来たつもりだったが、念押しされて緊張のあまり腹がぎゅっとつかまれたように痛くなる。

しかし、この中に劉伶さまがいるかもしれないと思うと、胸が躍るのもまた事実だった。

「文官や武官はこの中にいらっしゃるのですか？」

「陛下の側近は、主にこれから通る途中の鳳凰殿で働いております。しかし、後宮に入られたあとはお会いになることはないかと」

そうか。後宮は男子禁制。劉伶さまにはやはり会えないのだ。

村に医者を。そして、劉伶さまの無事を確認したい一心でここまで来た。しかも、もしかしたら後宮に来るように指示を出したのが彼ではないかと一縷の望みを抱いていたが、やはり違うのかもしれない。

「ですが、光龍帝は側近の文官と武官と共に鳳凰殿の隣にある応龍殿(おうりゅうでん)で食事をされます。尚食の女官に限り、宦官とそちらに料理をお運びすることになりますので、もしかしたらお顔をご覧になるくらいの機会はあるのかもしれませんね」

それを聞き、希望が見えた。

今後は皇帝陛下に仕えるのだから、もう劉伶さまの手を握って添い寝なんて叶わない。でも、無事を確認したい。生きていてほしい。

「そうですか」

「それでは、参りましょう」

私は武官に促されて、朱雀門をくぐった。

「え……」

その先の世界に、早速度肝を抜かれた。

朱雀門はやはりただの門だった。

周りをぐるりと塀で囲まれた恐ろしく広い敷地に、離宮や先ほどの門と同じく朱色の壁と瑠璃瓦で統一された建物の数々が点在している。

「ここが鳳凰殿。その東側が応龍殿になります」

もしかしたらここに劉伶さまたちがいるかもしれないのか。

「とりあえず進みましょう」

それらの立派な建物の横を通り先に進むと、大きな橋と朱雀門よりふた回り小さな門が視界に入る。

「この先が後宮です」

どうやら光龍帝の住居と後宮は、さらに周りを堀で囲まれているようだ。

これは敵の襲撃に備えたものなのかもしれないと、漠然と考えた。

ここが国の最後の砦（とりで）。私はそこに入るのだ。

橋を渡ると、扉の前に武官が数人武装して立っている。

「朱麗華さまだ。武官長の命により、本日より後宮入りする」

私を連れてきてくれた武官が声高らかに告げると、申し合わせたように大きな扉が開かれる。

いよいよ後宮入りだ。

私は空を見上げて大きく息を吸い込んでから足を進めた。

旅を共にした武官は門の前で立ち止まり、その代わり宦官が私を出迎えてくれた。

背はすこぶる高いが、武官のように筋骨隆々という感じではない。色白で華奢な人だった。

「朱麗華さま、遠いところをよくお越しになりました。黄子雲と申します」

宦官は先ほどの武官と同じく腰を低くして首を垂れる。

私は妃嬪ではないのに。

後宮入りすれば皇帝の持ちものとなるがそれは名目であり、おそらく皇帝陛下の食事を作るだけで、他は一生関わることなく生きていくのだろう。私は尚食の女官として働きに来ただけだ。

「朱麗華です。どうぞよろしくお願いします」

「住居にご案内します」

子雲さんは私に目配せしたあと、歩き始めた。

ギギギーッという鈍い音がして、門が閉まるのがわかる。

これでもうなにがあっても、ここで生きていかなければならない。しかし、私を家族のように大切にしてくれた趙さん一家をはじめ、村の人たちは医者と共に安心して暮らしていける。

別れのとき、私のために大泣きしてくれた趙さんを思い出しながら、改めて覚悟を決めた。

「こちらが光龍帝のお住まいである蒼玉宮です。執務は鳳凰殿などで行うことが多いので、主にお休みになられるときに使われます」

「はい」

ということは、昼間の今はおそらくここにはいないのだろう。

「東西にありますのが位の高い妃嬪に与えられた宮です。こちらはまだ空席となっておりますが、皇后のお住まいとなる翠玉宮。そして現在、後宮の頂点に立たれている李貴妃がお住まいの紅玉宮、順列でいけばその次の范淑妃の琥珀宮。最初はこのくらい覚えておかれればよいかと」

李貴妃が妃嬪の頂点らしい。

皇位簒奪に際して、たしか後宮の妃嬪や女官は入れ替えとなったはず。まだそれから日が浅いのに、すでに確固たる序列があるようだ。

それにしても皇后はまだいないのか。李貴妃や范淑妃が上がられるのかもしれないし、陛下の御子を授かったその下の妃嬪が指名されるのかもしれない。どちらにせよ、下働きの私には関係がない話だ。

子雲さんはさらに奥に進む。

すると、貴妃たちの住まいとは違う小さな房がいくつもある。彼はそのうちのひとつの前で足を止め、「こちらが麗華さまの房です」と扉を開けた。

「東側のこの近辺は、麗華さまと同じように尚食の女官が住んでおります。あとでご紹介します」

私に与えられたのは、村の家と同じくらいの空間だった。

貴妃たちが住む宮とは比べ物にならないほど小さいが、これで十分。しかも、備え付けられている寝台には、離宮で使っていたような朱色にきらびやかな刺繍が施された一流品だとわかる褥が用意されている。

一介の女官にまでこのようなものを支給されるとは、皇帝の権力の大きさを感じる。

「お召しものをいくつかご用意しております。お着替えを」

「うわー。素敵！」

村では決して着たことがない艶やかな襦裙を前に小鼻を膨らませてしまいハッとする。

きっと女官は、もっとたおやかな身のこなしを求められるだろう。

「申し訳ございません」

「いえ。外で待っておりますので、着替え終わりましたらお声かけを」

「はい」

子雲さんは表情ひとつ崩すことなく出ていった。

「どれにしよう……」

これほど上質な襦裙に袖を通すなんてもったいないと思いつつ、心躍る。私は迷いに迷って、藤色の上襦と裾に小花の刺繍が施されている濃紺の裙を身につけた。

「お待たせしました」

すぐに出ていくと、子雲さんが一瞬眉を上げる。

「よくお似合いで。妃嬪や女官のお世話は私たち宦官がいたします。お申し付けください。それでは尚食長のところに参りましょう」

「はい、よろしくお願いします」

少し緊張しながら彼のあとに続く。すると広い厨房があった。

「白露(はくろ)さま」

彼が声をかけると、ひとりの女官が振り向いた。

尚食長だという彼女は私より十五くらいは年上に見える。

「あぁ、朱麗華ね」

「初めまして。よろしくお願いします」

私に与えられた襦裙でも十分艶やかだと思っていたのに、白露さんの上襦の襟元にはさらに銀糸で刺繍が施されている。

挨拶を交わしている間に、子雲さんは下がっていった。

「仕事は明日からでいいわ。青鈴(せいりん)」

白露さんが呼ぶと、私より小柄で目が真ん丸なかわいらしい女性がやってきた。

「彼女は徐青鈴。あなたと同じ尚食です。青鈴、仕事を教えてあげて」

「初めまして、朱麗華です」

「ようこそ。私のことは青鈴と呼んで。麗華でいいかしら。これから一緒に働きましょう」

「はい」

青鈴は頬をわずかに赤らめにこりと笑う。

白露さんが離れていくと、青鈴が厨房を案内してくれた。

聞けば私と同じ歳の彼女は、光龍帝が即位されたときに後宮入りしたのだとか。

「麗華は料理が得意なんだってね」

「得意というほどでは。少し薬膳の心得があるくらいで」

そう言うと、彼女は口を開け驚愕している。

「薬膳！　それはすごいわね。麗華の肌が美しいのもそのせいかしら」

「どうかしら。〝血〟や〝水〟が不足すると肌によくないと言われているから、血を補う棗や枸杞の実、水を補うゆり根や豆腐はよく食べるかも」

そう口にしながら、ゆり根をつけた陳皮酒を安眠のために毎晩飲んでいた劉伶さまを思い出した。

「へぇ、そうなんだ。料理法を教えてよ。私も食べよ」

「うん」

同じ歳ということもあってか、青鈴とはすぐに打ち解けた。

尚食は皇帝陛下の食事を作ることが仕事。女官の中では序列が低いとばかり思っていたが、そうでもないらしい。

私たちの下に雑用をしてくれる女官が数えきれないほどいるとか。

「尚食は応龍殿に食事を運ぶと聞いたんだけど、皇帝陛下や文官にも顔を合わせるの？」

「うーん。陛下は無理ね。陛下の前で顔を上げていいのは、上位の妃嬪や許された人たちだけなの。陛下がお気に召して閨を共にすればとは聞いたけど……」

彼女は私を手招きしてなぜか厨房から出ていく。そして人気のない場所で私の耳元に口を寄せた。

「どうも、どの妃ともないらしいのよ。そういうことは一度も」

そういうことって……。子をなす行為をということ？

「だからね、男色じゃないかなんて噂が立ってるくらいなのよ」

「だ、男色？」

「しーっ」

声に出してしまい、青鈴に止められた。

先ほどの子雲さんは宦官で、大切なものを切り落としているわけだけど、男性の猛々しさとは違う妖艶さを持ち合わせている。女性らしいかと言われると違うのだが、魅力的というか。

そうした宦官が好みだという可能性もあるのか。

「それか、心に決めた女性がいるとかね。私は断然こっちの説派なの。だって素敵じゃない」

青鈴は目を輝かせる。

そうだとしたら微笑ましい話だ。後宮にいる男性は皇帝陛下ただひとり。それなのに妃嬪以下、女性は何千人もいる。しかも意のままに閨を共にできるのに、その女性のためにそれをしないなんて驚くほど一途だ。

「そうね。青鈴も陛下のお顔は知らないの？」

「うん。視線を合わせてはいけないの。足先だけは拝見したことがあるわよ」

くすっと笑いを漏らす彼女に追加の質問をする。

「そっか。文官や武官は？」

どちらかというと陛下よりそちら。劉伶さまたちを捜したい。

「文官や武官はあるわ。話したことはないんだけど、陛下が特に重用している文官と武官がひとりずついてね。その方のお顔は拝見することも多いわよ」

「そうなんだ」

その文官が劉伶さまだといいのだけれど。

そんな淡い期待を抱いた。


翌朝は日が昇る前から厨房で朝食作りにいそしんだ。

陛下に献上する食事は種類も豊富で、それを陛下は一部の臣下と共に食するのだという。

初めての私は青鈴の手伝いをして、薏苡仁と黒豆を入れた中華粥をこしらえることになった。

薏苡仁も黒豆も、水毒に効く食材だ。薏苡仁は肌荒れにも効果がある。

「これ、鶏でとった湯を使って炊くとおいしいと思うよ。その鶏も少し加えるとおいいかも」

粥を作り始めた青鈴に口を挟む。

「なるほどね。やってみよう」

離宮ではこうした粥や炊き込みご飯をよく作った。劉伶さまが好きだったというのもあるけれど、一品でたくさんの栄養を補えるからだ。

　それから他にも数品担当して、黙々と働いた。

　私たちが作った食事は、陛下たちが食事をする応龍殿の房の隣まで宦官が運ぶ。その隣室で毒見が行われるとか。それも宦官の仕事らしい。

　子雲さんをはじめとして五人の宦官がやってきた。そして朝食を軽々と運んでいく。

　いつもこの五人の仕事で、毒見も交代でしているという。

「麗華。私たちは陛下のいらっしゃる房に行き、料理の説明をします。あなたはうしろで顔を伏せていればいいわ」

　白露さんにそう告げられてうなずいた。

　いよいよ、陛下の御前に行ける。いや、陛下ではなく劉伶さまがいるかもしれない場所へ。

　私が顔を上げられなくても、彼がいたら気づいてくれるかもしれない。

　尚食は、白露さん以下私を含めて十一人。国の頂点に立つお方の食事の準備するのだからもっと多くてもいいのではないかと思ったけれど、どうやら人が多くなればなるほど毒を入れられる危険が増すということで、あえてこの人数なのだとか。

　陰謀渦巻く後宮では、誰もが他人が作ったものは食べたがらないらしく、位の高い妃嬪たちは自分の宮で信頼する女官に作らせているようだ。

　私たちは白露さんに従って応龍殿に向かった。

陛下たちが食事をするという一室は、脚に見事な彫刻が施された大きな卓子と立派な椅子があり、朱色の壁には金の龍が描かれている。

豪華ではあるが少し落ち着かないと思いながらも、青鈴の隣で彼女を真似て膝をつき、首を垂れた。

「陛下が参られます」

誰かの声がして何人かの足音がする。

私は決して目を合わせてはならないという緊張でいっそう深く頭を下げた。

「白露、始めなさい」

「はい。まずは粥でございます。本日は黒豆と薏苡仁を入れておりますが、鶏の湯を使って炊きました」

「鶏の湯とは、初めてではないか？」

これは陛下の声？　それとも側近の人？

「はい。本日より尚食として働きます女官の案でございます。このようにしたほうがおいしく召し上がっていただけるのではないかと」

白露さんに私のことについて触れられて、心臓が口から出てきそうなほど暴れだした。

お気に召さなかったらどうなるのだろう。

そんなことを考えているうちに、他の料理についてもひと通り説明が終わった。

「本日も感謝する」

先ほどから聞こえているのはひとりの声。おそらく陛下だ。

しかし、感謝なんて言われるとは思わなかった。彗明国で一番偉い方だし、私たち女官が食事の準備をするのは当然なのだから。

「女官は下がりなさい」

宦官なのか側近の者なのか、先ほどとは違う人の声がして腰を浮かしかけたそのとき。

「待て。鶏の湯で粥を作るとうまいと言ったのはどの女官だ」

私？　やはりよくなかったの？　もしや、初日にして処分される？

手に汗握り、身動きひとつとれない。

「朱麗華という女官でございます。お気に召しませんか？」

「いや、うまそうだと」

白露さんの質問にそう返され、やっと息が吸えた。命はつながったようだ。

「朱麗華」

しかし安心したのも束の間。名前を呼ばれて、緊張のあまり脈が速まっていく。

「は、はい」

おどおどしながらなんとか声を絞り出した。けれど相変わらず顔は伏せたままなので、陛下が怒っているのか笑っているのかわからず不安しかない。

「得意な料理はなんだ？」

「はい。麻婆豆腐が得意です」

得意料理がなにかなんて自分ではわからない。しかし、劉伶さまの顔が浮かんでとっさにそう答えた。

「そうか。昼は街に出る。本日の晩に作ってくれ」

「かしこまりました」

まさか、陛下に献立の要望をいただくなんて思ってもいなかったので、驚きながら答え、今度こそ退出した。

「麗華、すごいじゃない」

青鈴が興奮気味に話しかけてくる。

「陛下から希望を賜ることはないの？」

「初めてね。びっくりよ」

今度は白露さんが答える。

「まだ粥を食べられたわけではないのに、どうしてでしょう……」

気に入って他の料理も食べてみたいというならわかるけど。

「鶏の湯を使うなんて一度もしたことがないの。陛下も驚かれて、興味を持たれたんじゃない？」

青鈴はそう言うけれど、本当にそうなのかな……。

とはいえ、今晩は麻婆豆腐を作ることに決定した。

腕によりをかけて作ろう。

いきなりの大役に身震いしながら、そう決意する。

しかし……劉伶さまは、あそこにはいなかっただろうか。もしいたのなら、私の名前を聞いたはず。陛下の前でうかつな行動はできなくても、なんとか接触してほしいと強く願う。

といっても、文官として優秀だったと聞いたのでもしかして……というだけで、昇龍城にいる確証はなにもない。

私は麻婆豆腐を頼まれたときとは別の緊張感に包まれていた。

青鈴が後宮内を案内してくれると言っていたのに、房に戻るとすぐに、緊張と村からの移動で疲れがたまっていたせいか眠ってしまった。

「麗華さま、そろそろ厨房へお願いします」

「あっ、すみません」

　太陽が西の空に傾きかけてきた頃、子雲さんが呼びに来たのでようやく起きて、再び厨房に入った。

　麻婆豆腐を作らなくては。

「麗華、疲れてたみたいね。声をかけても返事がなくて。寝てたでしょ」

「うん、ごめん」

　青鈴に謝りながら、豆腐を手にした。麻婆豆腐は豆腐がなくては始まらない。豆腐は肌を潤してくれるので私も積極的に食べるようにしているが、余分な熱や毒素を取り除く効果もある。

　それで離宮で麻婆豆腐を作るようになり、劉伶さまの好物になった。

　陛下は数人の臣下と食事を共にすると聞いた。文官としてあの場にいたのなら、もしかして彼にも食べてもらえるかも。

　後宮入りしてから、そんなことばかり考えている。

　麻婆豆腐にする豆腐は、切ったあと水につけておく。その間に、玄峰さんの好物の豚肉を細かく叩き、それを炒める。

　それから調味料。大蒜、空豆や唐辛子で作られた豆板醤、小麦粉に麹を加えて作る甜麺醤などを入れて炒め、その横で豆腐を先に下茹でをする。こうすることで形が崩れるのを防ぐ。

それらを合わせたあとは紹興酒や生抽などで味を調え、体を温める効果のあるねぎを追加。あとは片栗粉でとろみをつける。

そして仕上げは脾や胃を温め、胃もたれや下痢に効く花椒を散らす。

「できた」

「麗華、すごく手際がよくてびっくりした。手出しできなかった」

鶏卵を手にしている青鈴が目を丸くしている。

しまった。いつもの調子で、最後までひとりで作ってしまった。

「ごめん」

「なに謝ってるのよ。褒めてるの。それに楽できたし」

彼女はそう言いながら、金華火腿と卵の上湯を作っている。青鈴はこの厨房に慣れていることもあってか、さすがに手際がいい。

子雲さんたち宦官が入ってきて、できあがった料理から運び始めた。もちろん、私の作った麻婆豆腐も。

それから白露さんに促されて朝と同じように応龍殿に向かい、顔を伏せて陛下を待つとすぐに現れた。

「麻婆豆腐、作ってくれたんだな」

「陛下のご希望であればなんでも作らせていただきます」

白露さんが恐縮しながら伝える。

「余のために、感謝する」

また〝感謝〟だ。光龍帝はとてもお優しい方なのかもしれない。

皇位簒奪なんて大胆なことをした人だから、最初は冷酷非道だという噂が飛び交った。その後、税率を下げたり兵を地方に返したりという行動で皆見直してはいたが、人柄のよさを肌で感じる。

それから白露さんがひと通り説明し終えると、また「下がりなさい」と命が下った。

「朱麗華。料理について聞きたいことがある。残りなさい」

「は、はい」

尚食長の白露さんならまだしも、昨日やってきたばかりの私をどうして指名するのだろう。もしかしたら……劉伶さまが陛下に頼んで？

瞬時にそんな考えが駆け巡り、緊張と欣喜の想いが交錯する。

頭を下げたまま微動だにせず待っていると、他の尚食たちは出ていった。

「さて、朱麗華。顔を上げなさい」

「えっ……。とんでもないことでございます」

陛下のお顔を拝見できるのは、ごく一部の許された者だけ。尚食程度の身分では絶対にしてはならないと言われているのに。

「ふっ、全然気がつかないんだ」

ふと陛下の声が柔らかくなった。

この声……聞いたことがある。まさか。

恐る恐る顔を上げていくと、美麗な御衣が足元から順に視界に入る。

濃藍色の膝蔽（へいしつ）には龍の刺繍が施されている。大帯から下がっているのは翡翠の玉佩（ぎょくはい）。

「久しぶりだね、麗華」

腰のあたりまで見えたところでもう一度声がした。

「劉伶さま……無事だったんですね！　あぁ、よかった。でもどうして……」

彫刻が施された大きな金の椅子に座っているのは、まぎれもなく劉伶さまだ。

そしてその左には玄峰さん、右には博文さんまでいる。

しかし三人とも離宮にいたときとは比べ物にならないほど華やかな御衣を纏っていて、まるで別人だった。

「うん、ありがとう。麗華は俺が呼んだんだよ。来てくれるかどうかは賭けだったけど」

やはりあの武官をよこしたのは劉伶さまだったのだ。それにしても、どうして彼が陛下の椅子に腰かけているのだろう。

「陛下は……？」

いくら陛下に頼んで私を呼び寄せたとしても、その席に座るのは失礼ではないのだろうか。そのくらい皇位簒奪に貢献したという証？

「あっははは」

私が尋ねると、玄峰さんがこらえきれないという感じで笑いだした。

「麗華さん、陛下はこちらにいらっしゃいますよ」

「え……」

博文さんも幾分か鼻を膨らませて劉伶さまに視線を送る。

「劉伶さまが、光龍帝でいらっしゃいます」

続けて丁寧な言い方でそう言った。

「劉伶さまが？」

喫驚仰天（きっきょうぎょうてん）して声が続かない。

「劉伶さまは、香呂帝の腹違いの弟なのです」

そんな。私……とんでもなく失礼なことをしてしまった。

「も、申し訳ありません。数々の無礼をお許しください」

慌ててひれ伏し、声を振り絞る。

それほど身分の高い方と添い寝をしていたなんて。知らなかったとはいえ、とんでもなく身の程知らずなことをしてしまった。

「麗華」

もう一度劉伶さまの声がして足音が聞こえたあと、視界に漆黒の履が入った。

「失礼なことなどなにひとつされていないよ。むしろ麗華は命の恩人だ」

歩み寄ってきた彼は、私の肩に手を添えて顔を上げさせた。すると視線が絡まり解けなくなる。

久しぶりの近い距離に胸が熱くなりながらも、それより緊張が上回っていた。

「麗華の麻婆豆腐、ずっと食べたかった。やっと食べられる」

「陛下……」

「その呼び方は対外的なときだけにして。博文と玄峰、宦官の子雲しかいないところでは、今まで通り劉伶と呼んでほしい」

さすがにこの国で一番高貴な人をそんなふうには呼べない。小さく首を横に振ると「お願い」と甘えるような声で懇願されて困る。

「劉伶さま、あまりお時間を割かれると変に思われます」

「そうだな」

博文さんの発言に反応した劉伶さまは、私をゆっくり立たせた。

「話は少しずつするよ。俺と関係があると知られると麗華が嫌がらせを受ける可能性がある。今は、俺が薬膳料理に興味があってその話をしていたとでもしよう。子雲」

彼は房の外で待っていたらしい子雲さんを呼ぶ。

「はい」

「麗華を房まで頼む」

「かしこまりました」

なにがなんだかわからないまま、それでも三人が生きていてくれたことがうれしくて、複雑な気持ちのまま劉伶さまをまじまじと見つめてしまう。

「麗華。そんな目で見られると離れがたくなる。大丈夫。またすぐに会える」

「いえっ、申し訳ございません」

そんなつもりはなかったのに。

劉伶さまはくすっと笑い、子雲さんを目で促す。

「おいしくいただくよ」

そして耳元でそう囁き、私の背中を押した。

子雲さんと共に自室に戻ると、すぐに青鈴がやってきた。

「麗華、陛下からなにか言われたの？」

「なんでも薬膳料理に興味がおありだとかで、その話を少し」

劉伶さまに言われた通りの返答をすると、「そうなんだ」と目を輝かせている。

「これをきっかけに、陛下の寵愛を得られたりしないかしら」

「まさか、そんな！」

彼と添い寝をしたときのことを思い出し、必要以上に大きな声が出た。

「そんなに全力で否定しなくても。夢を見たいじゃない、私たちも」

そうか、青鈴も劉伶さまの持ちものなんだ。

後宮にいる女官はすべて、彼のもの。

そんなことを改めて考えると、なぜか胸が痛んだ。

そしてその夜。

「麗華」

扉の向こうから私の名を呼ぶ声がする。

この声は……劉伶さまだ。

皇帝陛下として私たちの前に君臨しているときとは声色が違う。意図的に変えているのだろう。

もう衾にくるまってはいたが慌てて扉を開けると、そこには宦官の服を纏った劉伶さまがいて目を丸くする。

「ごめん、失礼するよ」

彼はするりと体を滑り込ませてきて扉を閉めた。

「どうされたんです？　その恰好」

「なにかと面倒でね。誰のところに渡ったとかいちいち報告される。で、子雲に代わりを頼んできた。麗華と話がしたくて」

「ですが、ここは陛下がいらっしゃるところではあり――」

最後まで言えなかったのは、彼が長い指で私の唇を押さえたからだ。

「陛下はやめてくれと頼んだだろ？　麗華の前ではただの伯劉伶でいたいんだ」

国中から一挙手一投足を監視されている彼は、息抜きの場所が欲しいのかもしれない。

なんとなく納得してうなずいた。

彼は狭い房の寝台に座り、私も隣に座るように促す。

「後宮に麗華を呼んだりしてごめん。でも、麗華のそばにいるにはこの方法しかなかった」

「そばに？」

「うん。離宮で過ごした半年は本当に楽しくて。できればずっとあそこにいたかった。

でも、香呂帝の傍若無人ぶりが気になってはいて、玄峰にずっと地方の反対勢力たちと連絡を取らせていた」

だから玄峰さんはしばしば出かけていたのか。

「それでやはり立ち上がるべきだと麗華に背中を押されて……」

「私？」

たしかに離宮を離れるとき、そのようなことを口にはしていた。

「そう。だけど、皇帝になりたかったわけじゃないんだ」

遠くを見つめてつぶやく彼を見て、その気持ちが理解できるような気がした。

劉伶さまは『陛下』と呼ばれて周りに崇め奉られるより、離宮で自由気ままに過ごしたかったのだろう。

「そうだったんですね。でも劉伶さまのおかげで税が軽くなり、村に働き手も戻ってきました。あっ、医者まで手配していただき、ありがとうございました」

肝心のお礼を言っていなかったと頭を下げた。

「大切な麗華を奪ったんだから当然だ」

彼は離宮の頃と変わらない笑みを見せる。だから私の心も緩んでいく。

「生きていてくださってよかった。後宮に来れば、劉伶さまたちの安否がわかるかもしれないと思って」

「皇位簒奪は簡単じゃない。それなりの覚悟もしていた」

彼の瞳が揺れる。

それなりのとは……死を覚悟していたに違いない。

「せっかく毒が抜けたのに、そんな覚悟をしないでください。お願いです。生きてください」

博文さんと玄峰さんのことを刎頸の友と口にした彼は、常に緊迫した状況の中で生きているのだ。実際毒を盛られて苦しんだわけだし。

「ありがとう。こうして麗華に再会できて、生きていてよかったと心から感謝しているよ」

彼は穏やかな表情で私の手を不意に握る
「でも、皇帝の座についたからといって、愁眉を開けるわけでもない。いや、むしろ気を許す時間を持てなくなった」

「劉伶さま、夜は眠れているのですか？」

村を訪れたときのようにむくんではいない。しかし、少し疲弊したような表情をしている。

「眠れないんだ。麗華の手を離したあの日から、また逆戻りだ」

「そんな……」

口角を上げているくせして鬱然とした顔。

「子雲さんはいつまで身代わりをしてくださいますか？」

「俺がいいと言うまでしてると思うけど」

「それなら、すぐにお眠りください。狭い寝台でごめんなさい。でも、ここなら手を握っていられます」

私は勢いよく衾をめくり、褥をぽんと叩く。

すると彼は目を丸くしている。

「いや、そんなつもりで来たわけでは……。それでは麗華が眠れない」

「私は仕事の合間にうとうとします。だから早く！」

一秒でも惜しい。

皇帝相手に説教じみた言い方だったかもしれない。けれどそれくらい強く言わなければ眠ってくれないと思った。

「麗華、ありがとう」

劉伶さまは微笑みながら素直に従った。

寝台に横たわる彼に衾をかけ、椅子を持ってきて隣に座ったあと、差し出された手を握る。

「たくさん聞きたいことがあります。でも今日は、劉伶さまたちの無事が確認できただけで十分です。少しずつ教えてくださいね」

「そうする」

「夜明け前に起こします。それまでは眠ってください」

また陳皮酒にゆり根をつけたものを作ろうと考えながら語りかけると、彼は私の手を強く握った。

それからすぐに寝息が聞こえてきた。

ここの寝台は離宮のものよりもひと回り小さく、体の大きな彼には窮屈そうにも見えたが、その寝顔は驚くほど穏やかだった。

「皆いますから。博文さんも玄峰さんも、そして私も」

ひとりで闘わないで。

そんなことを語りかけているうちに睡魔が襲ってきて、寝台に頭を乗せたまま眠ってしまった。

しかし、東の空が赤らんできた頃、ハッと目を覚まし劉伶さまを揺さぶる。

「劉伶さま、朝です。皆が起きる前にお戻りください」

まもなく尚食の女官が厨房に集まりだす。その前に戻らなければ。

「麗華、おはよう。やっぱり眠れた」

彼はすがすがしい表情で、離していた私の手をもう一度握る。

「よかったです。そろそろ」

「あぁ。本当にありがとう。話はまたゆっくりしよう」

「はい」

劉伶さまは空が明るくなってきたのを視界に入れると、慌てて戻っていった。

「よかった……」

久々に安眠を与えられたのなら、村を離れて後宮に来た甲斐がある。

彼の手を握っていた右手を見つめ、心から安堵した。

少し睡眠不足ではあったけれど、劉伶さまと話せたことで私の気持ちは高揚していた。

元気よく厨房に向かい、働き始める。

「麗華、陛下が薬膳料理にご興味があるとか」

白露さんに尋ねられてうなずく。

「はい。薬膳料理は医者の処方する薬には到底及びませんが、体の調子を整えるのには向いています。あの……寝つきが悪いとお聞きしましたので、それによさそうなものを作ってもよろしいですか？」

後宮の厨房には驚くほどの食材がそろっている。

「もちろん。今日の献立もあなたが決め直して。薬膳のことはわからないからね。それで説明役も任せるわ」

「わかりました」

あの大役をやるのか。でも、相手が劉伶さまとわかっているから大丈夫。

それから私は、劉伶さまの安眠を願って献立を立て直し、尚食の女官に調理をお願いした。

調理が終わると、宦官たちが運びだす。

劉伶さまのふりをしていた子雲さんもその中にいたが、いつもと変わらない様子だった。

彼らの毒見が終わったあと、料理が卓子にずらりと並べられ、劉伶さまたちがやってくる。

「本日は、薬膳の知識を使い献立を立てました朱麗華がご説明いたします」

白露さんの発言のあと、顔を伏せたまま口を開く。

「まずはかきを入れました炊き込みご飯です。かきは精神を落ち着かせる効果があり、疲労や睡眠不足の解消に役立ちます」

不眠の原因にもいろいろあるが、劉伶さまは間違いなく精神の不安定だ。それをもとに献立も考えてある。

「続いて不眠の改善に役立つ竜眼肉と生姜を入れた鶏の羹です。竜眼肉は甘くてそのままでお召し上がりいただけますので、必要ならばお申し付けください」

竜眼肉は離宮で好んで食べていたのでそう付け足した。

不眠を軸に考えはしたが、その他の料理はおいしく食べてもらえるようにと作った。

離宮にいた頃のように食事を楽しんでほしい。

ひと通りの説明が終わると「下がりなさい」と言われ、視線を伏せたまま腰を上げる。

「余のために知恵を絞ってくれたんだな。感謝する」

すると、劉伶さまのひと言。

尚食の女官は、この言葉を聞きたくて仕事に励んでいるに違いない。

「それと、昨日の麻婆豆腐は美味であった」

皇帝としての威厳を感じさせる凛々しい声でねぎらわれ、胸が熱くなる。

「恐縮です」

白露さんのお礼に合わせて、もう一度頭を下げた。


昼食は幾分か軽めに。

そのあと自分の房に戻り、厨房から持ってきた陳皮とゆり根を酒につける。離宮で安眠のために劉伶さまがいつも飲んでいたものだ。

どうやら私の手が一番効果があるらしいが、ここでは毎日は無理。それなら少しでも薬膳の力を借りたい。

陳皮ゆり根酒の仕込みが済んでからはうとうとしてしまった。やはり椅子では熟睡できないのだ。

「麗華」

けれども、かすかに名前を呼ばれている気がして目を覚ました。

「ん？　青鈴？」

扉を開けると青鈴が立っている。

「月餅をもらったの。一緒に食べよ」

「これ、どうしたの？」

「香(こう)徳妃にいただいたの」

徳妃は貴妃、淑妃に次ぐ位だったはず。

彼女を房に招き入れ、薏苡仁のお茶を淹れた。このお茶はむくみの解消に役立つので、水毒だった劉伶さまにもよく飲んでもらったっけ。

「香徳妃と親しいの？」

「香徳妃に仕えている女官の料理があまりおいしくないらしくてね。ときどき私が作って差し入れているの。その代わり、宦官が手に入れてきたこういう菓子をいただいたりするのよ」

そういうこともあるのか。

後宮から出られない私たちは、好きな菓子を手に入れることも難しい。といっても、貧しい村では菓子なんて一年に一度食べられたらいいほうだったけれど。

「うわ、おいしい。これは蓮（はす）の実餡かしら」

「そうみたいね。蓮の実にも薬膳効果があるの？」

青鈴が興味津々で尋ねてくる。

「蓮の実は胃腸を整えるわ。お腹を下しているときにいいかも。それに不眠にも」

劉伶さまにも食べさせてあげたい。

「本当に詳しいのね。麗華が薬膳に明るいこと、後宮で話題になってるのよ。肌が美しくなる食べ物はないかしらって香徳妃が言ってた」

劉伶さまの気を引くために、肌の手入れや服装に気を使う妃嬪が多いとは聞いている。

「そうね。血や水を補うといいと思う。女性は月経があるから血虚（けっきょ）という状態になる人が多いの。食べるなら赤いものと黒いものが効果的よ。枸杞の実を料理に使うとか、あとおすすめは黒豆。血を増やしてくれるし、むくみも取れるの」

「黒豆ね。厨房にたくさんあるはずよ」

「枸杞の実を加えて黒砂糖で甘ーく煮て、餅にかけて食べたらおいしそう」

月餅を食べていることもあって、食事ではなく菓子が頭に浮かんでそう口にした。

「今度作ってみようよ。私も肌をきれいにしたいもの。おまけにおいしかったら最高ね」

食べ物の話をしていると幸福で満たされる。それなのに、毒見をしてからしか手をつけられない劉伶さまたちを気の毒に感じた。


その晩も、子雲さんと入れ替わった劉伶さまがやってきた。

「麗華、今日の料理もおいしかった。これで不眠がよくなるなんて最高だよ」

「ありがとうございます」

尚食の女官の前では『余』なんて凛とした声で言う彼だが、私の前ではまったく違う。

「眠くない？」

「はい。昼間に寝ましたから」

本当は少し眠かった。けれども、劉伶さまとのひとときが楽しくて眠気なんて吹っ飛んだ。

「今日は少し話をしたら戻るから」

「でも……」

「毎日だと麗華が倒れる。おいしい食事を作ってもらわないといけないしね」

彼が心配だけれど、たしかに毎日は難しい。

私は素直にうなずいた。

「麗華に大切なことを伝えておかないと、と思って」

「なんでしょう」

後宮のしきたり、とか？

そんなことを皇帝直々に知らせに来ないか。

「これはお願いなんだけどね。いつか麗華を皇后として迎え入れたい」

「は？」

「だから、皇后」

彼は繰り返すが、かすかな衝撃を感じたあとはなにを考えていいのかわからなくなった。

「麗華、聞いてる？」

彼の眉間を見つめたまま、息をするのも忘れていたからか、肩をポンポンと叩かれる。

「聞いていますが、夢でも見ているんですよね」

「あははは。やっぱり眠い？　それじゃあ、また今度にしようか」

違う、これは夢じゃない。

こんなに気になる話を先延ばしにされたらたまらない。

「い、いえ。皇后といいますと、劉伶さまの伴侶で後宮の頂点に立つお方ですよね。私は朱麗華ですよ。どなたかとお間違えでは？」

「間違えるもんか。皇帝の座についたとき、皇后を娶るようにと随分いろいろなところから圧がかかった。でも、すべて突っぱねた。それは麗華を迎えるため」

今度は雷に打たれたかのような強い衝撃に襲われて、しばし目を閉じた。

彗明国の頂点に君臨する人の妻となれと？

なにを言っているのだろう。

妃嬪でも仰天なのに、一番上の皇后なんてありえない。

「麗華、息してる？」

「劉伶さまがとんでもないことをおっしゃるので、できません」

思いきり眉根を寄せながら伝えた。

「麗華は嫌？」

「嫌とかどうとかではなくて、私はただの村人だと言ったではないですか。後宮には高貴な方がたくさんいらっしゃるでしょう？」

　まだ貴妃たちの姿を遠目にしか見ていないが、それはそれはきらびやかな衣を纏い、飛仙髻に結われた髪には金の歩揺が輝きを放っていて、しばらく見惚れたほどだ。

　立ち居振る舞いも私とはまったく違い、雅な情調で満ちあふれていた。

　後宮に来て、私に与えられた襦裙の美しさに驚きはしたが、貴妃たちはそれ以上だった。村にいては決して知ることのない上流階級の華やかさを知った。

「いるね。貴妃と淑妃は皇位簒奪の際に活躍した有力者の娘なんだ」

「それでは、そのおふたりが皇后に収まりたいと思われているのでは？」

　その有力者も皇帝の子を産ませるつもりで娘を後宮に入れたのだろう。そうすれば、将来の皇帝の家族になれる。一族は安泰だ。

「そうだろうね。そうした争いが面倒で妃を置きたくはなかったんだけど、博文が許してくれなかった。世継ぎが必要なのもあるけど、彼女たちはある意味、人質でもあるから」

　人質とは驚きだった。しかし冷静に考えると、自分の娘が後宮にいる限り簡単に反旗を翻せなくなるのだから、その通りだ。

「それに、俺の意思だってある」

　劉伶さまは遠い目をして、ふぅ、と小さな溜息をついた。

後宮入りした私たちだけでなく、彼も自由は限られているのだ。

「麗華がそばにいると心安らぐんだ。後宮入りさせることも、本当は独善がすぎるのではと悩んだ。でも、このまま麗華に会えずに一生暮らすなんて耐えられなかった」

疲弊したような表情で気持ちを吐露する彼に胸が痛む。

国の頂点に君臨し、なんでも意のままに動かせて羨望の眼差しを向けられる人物であっても、私たちにはわからない苦労があるのだろう。

そのひとつが皇后の選択であり、さらには気ままに食べ物を口に運べないことなのだ。

「私も、劉伶さまたちの無事が確認したい一心で後宮に来ました。ひと目元気な姿が見られればそれでいいと思っていましたが、こうしてお話しできてどれだけうれしかったか」

皇帝の持ちものとなった私は、彼の姿を見られても話すことまでは叶わないと思っていた。それなのに、こうして胸の内を明かしている。

「それなら、皇后の話を考えてほしい」

「でも私では……」

なんの地位もない、偶然出会っただけの辺鄙な村の娘がそんな地位に収まるなんてありえない。

「これから俺は彗明国のためだけに生きる。でもひとつだけ……麗華のことだけどうしても我儘が言いたい。どうやら俺は、麗華を愛してしまったらしい」

「私、を？」

鼓動が速まり呼吸が浅くなる。

まさか、そんな言葉をかけられるとは思ってもいなかった。

「あぁ。これは博文や玄峰にも伝えてある。まあ、知ってたと言われたけどね」

あのふたりは今でも彼を支えているのだろう。そして、一番近い信頼できる刎頸の友。

ふたりが変わらず劉伶さまのそばに寄り添っていてよかった。

ただ、そうは言われても簡単にうなずけるはずがない。劉伶さまの発言がうれしくてたまらないのに。

「他に皇后なんていらないんだ」

顔をしかめて吐き捨てる彼は、私の手を握る。

本当は私も……彼と一緒にいたい。しかし、戸惑いしかない。

「皇后、なんて……」

考えたこともなかった。女官のひとりとして一生を終える覚悟だった。

「あのまま離宮で麗華と一緒に暮らせればよかった。だけど、俺たちに親切にしてくれた村の人たちが困窮していくのを見ていられなかった」

彼は皇帝の座が欲しかったわけじゃない。村の人たちのためにも、命がけで皇位簒奪を企ててくれたのだ。

「皇帝となったからには、大切な人を皇后として迎えるしかない」

劉伶さまはまっすぐに私を見つめ強い口調で言ったあと、腕を引き抱きしめてくる。

「そばにいてくれ。お願いだ、麗華」

熱すぎる想いが背中に回った手から伝わってきて、瞳が潤む。

劉伶さまは自身の自由を手放す代わりに、彗明国の民を救ったのだ。

「私……皇后なんて自信がないし、どんな存在なのかもよく知りません。ただ、劉伶さまとこうして一緒にいられるのは心地よくて。なんとお答えしていいのか言葉が出てきません」

「そうだよな。でも、麗華は政のことなんてわからなくていい。俺のそばにいてくれればそれで」

とんでもないことを仰せつかった。

彼が市井の〝伯劉伶〟なら、怡怡（いい）たる申し出なのに。

劉伶さまは私の頭を抱えるようにして、いっそう手に力を込める。

近すぎる距離のせいで心臓の高鳴りが最高潮に達する。

「すぐには無理でも、必ず麗華を皇后に引き上げる。だから、そのつもりでいて」

彼は私を抱きしめたまま耳元で続ける。

気がつけばたくましい腕の中で小さくうなずいていた。

皇后になりたいなんて思わないし、できればなりたくない。ただ、劉伶さまのそばにいる方法がそれしかないのなら、そうするしかない。

いや、本当は……彼が別の妃嬪を皇后に迎え、その妃嬪との間に子をなすのを近くで見ているのがつらい。

私は彼に心を奪われているのだと自覚した。

「ありがとう。今日はこれで戻るよ。寂しいけど、近くに麗華がいると思うだけで安心できる」

「劉伶さま。ひとりで頑張らないでください。離宮のときのように、博文さんも玄峰さんもいます。もちろん私も」

励ましたくて必死に訴える。

だって私たちは、互いに命を預けるほどの強い絆で結ばれているのでしょう？

すると、目を大きく見開いた彼は緩やかに口の端を上げて小さくうなずき、出ていった。

劉伶さまに抱かれた体を自分で抱きしめる。

つい先日まで辺境の地で暮らしていただけの私が、皇帝の妻になるなんて信じられないし、そんな地位はなくてもいいから平穏に暮らしたいというのが本音だ。

ただ、劉伶さまに求められるのは飛び上がるほどうれしかった。

しかし男色だと噂されていた光龍帝が、実は私を迎えようとしていたなんて。

降って湧いた突然の真実に、驚愕するばかりだった。


「皇后、なんて……」


翌朝からも必死に働いた。

皇后にと言われてもなにをすべきなのかもわからないし、その器ではないことだけははっきりと自覚している。

でも、できることを必死にしていれば、彼にふさわしい女性に近づけるのではないかと思った。

「麗華。香徳妃が肌にいい薬膳料理を作ってほしいと言ってたわよ」

「本当に？　それじゃあ、一度作るね」

青鈴に知らされて答える。

尚食として働いていると、妃嬪から声がかかり調理役に指名されることもあると聞いた。位の高い妃嬪は女官をそれぞれ抱えているが、料理に関してはやはり尚食として仕えている者のほうが得意だからだ。

調理役として気に入られると、妃嬪から目をかけてもらえたり、昨日のように後宮で手に入らないものをいただけたりということもあるらしい。

それに、宦官を通してこっそり家族と手紙のやり取りをしている者もいるとか。

昨日の月餅はおいしかったけれど、私は純粋に自分の作ったものが誰かを幸せにすることがうれしい。

それが皇帝であっても妃嬪であっても、そして村の人であっても。

その日の夕食には、玄峰さんの好きな青椒肉絲や、博文さんが好きな海老団子の羹も作った。あの三人はいつも一緒に食事をしているからだ。

宦官が毒見をしたあとでも念には念を入れ、博文さんや玄峰さんが先に食べているのではないかと思う。離宮に来る前に一度毒を仕込まれているのだから、毒見役の宦官が裏切らないとは限らない。

子雲さんのことは信用しているようだが、劉伶さまとは以前からつながりがあるのだろうか。

青鈴の話では、香呂帝に近いところにいた宦官は香呂帝と共に自刎したり、劉伶さまたちが処罰を与えたりしてもう後宮にはいないという。

それでも、かなりの数の宦官が妃嬪や女官の世話をしているので、全員を信じるなんて無理な話だ。

劉伶さまが皇帝という権力を得た代わりに手放したものは多そうだ。

数日後の午後。

青鈴と一緒に初めて香徳妃と対面した。

「あなたが麗華ね。薬膳を勉強していると聞いて、青鈴に肌の美しくなる料理をお願いしたの」

「薬膳には少しばかり心得があります。本日は肌を潤す白きくらげの菓子を作ってみました」

さっき青鈴と一緒に味見をしてみたけれど、なかなかおいしくできたと思う。

「白きくらげ？」

「はい。不老長寿の薬と言われることもございます。同じように皮膚を潤す効果のある松の実と一緒に甘く煮て、最後にはちみつを垂らしてあります。はちみつも皮膚の乾燥を防ぎますし、腸を潤して便通をよくしますので、肌荒れにも効果があります」

一つひとつ丁寧に説明すると、香徳妃は身を乗り出すようにして何度もうなずいている。

とても美しい人ではあるが、近くに寄ると少々肌が荒れ気味だった。

「いただくわ」

「はい」

香徳妃がそれを口に運ぶ様子を、青鈴と一緒に固唾を呑んで見守る。

「まあ、おいしい。おいしい。おいしいものをいただいているのに肌がきれいになるなんて最高ね」

欣喜雀躍といった様子で食べ進む香徳妃を見て、青鈴と視線を絡ませて笑い合う。

大成功だったらしい。

「ねえ、また作ってくれない？」

「承知しました」

私たちは香徳妃の宮を引き上げてから、残しておいた白きくらげを青鈴の房で食すことにした。

「本当においしい。香徳妃が喜ぶのもわかるわ」

「ありがとう、青鈴」

私が作った料理が誰かを笑顔にするのがうれしい。

後宮に来て不安も多かったけれど、こうやって自分の居場所を作っていこう。

それから自分の房に戻ろうとすると、途中で子雲さんに出会った。

「麗華さま。陛下が竜眼肉を望まれています」

「すぐにご用意します」

やはり眠れなかったのだろうか。

こんなこともあろうかと、離宮でしていたように干してあったものを水で戻してあるので、ぷるぷるの状態で届けられる。そのままでも食べられるが、劉伶さまはこちらを好むのだ。

すぐに厨房に戻り、竜眼肉を器に入れてハッとした。ここは離宮ではない。毒見が必要だ。

「ひとつ食べますので見ていてください」

竜眼肉に手を伸ばすと、子雲さんに止められる。

「お待ちください。毒見は私がいたします。ひとつ余分におのせください」

「でも……子雲さんたちにはいつも毒見をしていただいて申し訳ないと思っているんです。もちろん毒なんて入れません。ですが、万が一のときは命を失うわけで……」

彼ら宦官は毎食ごとに命をかけている。それもある意味残酷だ。

「私は陛下に命をいただいたんです。ですから、陛下のためならいつでもこの命を差し出します」

その発言に驚いた。

〝命を差し出す〟とは尋常でない。しかし〝命をいただいた〟とはどういうことだろう。

「そんなことを陛下は望まれません。きっと毒見も申し訳なく思っていらっしゃいます。陛下はお優しい方です」

こんなことを口にしていいのかわからない。私たちの離宮での生活については秘密にしておいたほうがいいはずだから。

けれども、どうしてもわかってもらいたかった。

「そう、ですね。麗華さま、一緒にいらしていただけませんか？　陛下は今、蒼玉宮でお休みになられています」

位の高い妃嬪を差し置いて私が劉伶さまの宮を訪ねてもいいのだろうか。

「薬膳の説明をお願いします」

そう言われ、子雲さんがそうやって私たちを会わせようとしていることに気がついた。尚食の仕事として赴くという大義名分を与えられたのだ。

「承知しました」

私は子雲さんのあとに続いて、蒼玉宮に初めて足を踏み入れた。

さすがに私の房のように扉を一枚開けると寝台があるわけではない。広い部屋には大きな卓子や椅子が置かれている。そして、きらびやかな彫刻が施された柱や、見事な龍の絵が描かれた壁が目を引いた。

その中を進む子雲さんは、いくつかある扉のうち中央の扉の前で口を開く。

「陛下。竜眼肉をお持ちしました。私では説明が難しく、尚食の朱麗華さまをお連れしました」

「入れ」

幾分か低い皇帝の声色での劉伶さまの返事が聞こえたあと、子雲さんが扉を開ける。

すると、そこには貫禄たっぷりに大きな椅子に腰かけている劉伶さまの姿があった。紅色の絹に金糸銀糸で五爪二角の龍文が刺繍された御衣を纏い、深緑色の軟玉でできている璧を組み紐につないだ玉佩を腰から下げている。

彼は凛々しい目つきで私を見つめた。

私の房に来るときは別人だ。

今は皇帝として接しているのだと気づき、慌てて膝をつき叩頭した。私たち女官は陛下と視線を合わせてはいけないからだ。

「陛下、竜眼肉です。ひとつ、食させていただきます」

私が顔を伏せていると、隣で同じように跪いた子雲さんが毒見を始める。そしてごくりと飲み込んだあと、器を私に差し出してきた。

「麗華さま、陛下にご説明を。陛下、私は隣室に下がらせていただきます」

「いいだろう。朱麗華、説明を頼む」

劉伶さまの返事があり、子雲さんはすぐに房を出ていった。

「こちらは、不眠に効果のある竜眼肉です。また、血を養うとも言われております。眠りが浅いなどの場合、血虚という状態にあることも多く、その解消にもよろしいかと」

「なるほど。朱麗華。余の届くところに持って参れ」

彼はあくまで皇帝として命令を下す。

私は立ち上がり、視線を下げたまま近づいた。

「麗華。宦官がそこらじゅうに控えている。俺たちの関係を知られるのは得策ではない。だから、すまない」

彼は竜眼肉に手を伸ばしながら私の耳元に口を寄せてそう言ったあと、もう片方の手で私の体を起こさせた。声さえ聞かれなければ視線は合わせてもいいということだ。しかし、自室でもこれほど自由がないとは。改めて劉伶さまの窮屈な生活に驚かされる。

竜眼肉を口に入れた彼は、「なかなか美味だ」と言いながら優しい表情で微笑んだ。声は皇帝、顔は素の劉伶さまという感じだった。

「これは懐かしい味だ」

きっと離宮のことを言っているのだろう。

「こちらは水につけて戻したものになります。毎日いくつかお召し上がりになるとよろしいかと」

「そうだな。そうしよう。もうひとつ」

彼はもう一度竜眼肉を手にしたあと、再び耳元で口を開く。

「麗華。水で戻すのは厨房か？」

声に出さないほうがいいと思いうなずくと、彼は続ける。

「できれば麗華の房で頼めるか？」

誰でも出入りできる厨房では、毒が混入する可能性が高くなるからか。宦官や他の尚食、いや、誰でも出入りできるのだから危険は増す。

私は首を縦に振りながら、自室での隠し場所を考えていた。

「美味であった。下がりなさい」

彼は張りのある声で指示を出すのに、私の手を握って放そうとしない。

言っていることと行動が真逆で戸惑うが、『下がりなさい』という言葉が皇帝で、手を放さないのが劉伶さまの意思なのかもしれない。

「失礼いたします」

だから私は、一度彼の手を強く握り返してから離れた。

それから隣室で待っていた子雲さんと共に蒼玉宮を出て、厨房に戻った。

「陛下の安眠が得られるといいのですが」

そう言う彼に深くうなずく。

博文さんや玄峰さんは後宮に入れない。その代わりにここでは子雲さんが離宮で果たしていたふたりの役割を買って出ているのだ。だからうなされていることも知っているに違いない。

「房でお茶を飲みたいので、お水をいただいていきます」

劉伶さまは『誰が聞いているかわからない』と言っていたが、それならこの会話もそうだ。

私は厨房に入り、こっそり竜眼肉と水を持つと自分の房に戻った。


それから十日ほど、劉伶さまは私の房に顔を出さなかった。

どこか心待ちにしている自分に気づきながらも、皇帝が身分の低い女官の、しかも狭い房に通うなんて大丈夫だろうかというためらいがないわけではない。

「尚食としてもっと認められれば……」

女官としてもう少し身分が上がれば、そばにいられるのではないかと考える。

いや、それでも無理か。

皇帝が女官のもとに渡るということは、跡継ぎをなすのが目的であって、安眠を得るための手段ではない。良質の睡眠のためだと周りに説明したところで信じてもらえるわけがない。

やはり子雲さんと入れ替わって、こっそり来てもらうしかないのか……。

そんなことを考えながら、彼のために熟成させている陳皮ゆり根酒をかき混ぜた。

劉伶さまは来なかったけれど、香徳妃からの依頼が再び舞い込んだ。

やはり肌をきれいにしたいということで、その日は豆腐白玉を作ることにした。

「豆腐で団子なんて考えたこともなかったわ」

一緒に厨房に立つ青鈴は感嘆の溜息を漏らしている。

「水を加えず豆腐を使ったほうが柔らかくできるの。豆腐は体の水を補ってくれるから、肌の張りを保ったりくすみを解消したりしてくれるのよ」

村でも豆腐は肉より安価で手に入ったのでよく食べていた。

「麗華と一緒にいるとずっと歳をとらなくてよさそう」

青鈴はクスクス笑いながら、てきぱきと手を動かす。彼女は手際がよく、尚食の中でも有能だ。

「餡も工夫しましょう。小豆は新陳代謝を促すから肌荒れに有効なの。これに肌を潤すゆり根も加えて、一緒に黒砂糖で甘く煮たらおいしそう」

「ゆり根！　米と一緒に炊くくらいしか思いつかなかったわ」

「そうね。ゆり根は不眠にも効果があるから、寝つきが悪い陛下にもゆり根酒をお出しできればと思っていて……」

そう口走ってから、しまったと思った。

余計なことを言ったかもしれない。

陳皮とゆり根を一緒につけた酒は、私の房の見つけにくい場所で熟成中だ。けれども、劉伶さまの口に入るものに関しては、毒を入れる機会をできるだけ排除しなければならない。この話を誰かに聞かれて探されたらまずい。

「まあ、思ってるだけで作ってなかったから、そのうち作ろうかな」

慌てて言い訳がましい発言を付け足しておいた。


豆腐白玉団子も大成功。香徳妃は喜色満面の笑みを浮かべていた。

その後、青鈴と一緒に残った団子を持ち、彼女の部屋で食すことになった。

「香徳妃のあんな顔、初めて見たよ」

「喜んでいただけてよかった。美しくなるためになにかを我慢しないと、と考える人は多いけど、おいしいものを摂取しながら実現できるといいと思うのよね。我慢はイライラするし、そうすると肌にもよくないもの」

薬膳料理でも食べ合わせの悪いものや、効果を打ち消し合う食品はある。しかし、それ以外は摂取することで効果を生むことを期待して提供している。

「これ本当においしい。菓子を食べながら美顔まで手に入るなんて本当にすごいわ。白きくらげの菓子を作ってから、麗華の噂がいっそう広まってるみたいよ」

青鈴は大きな口で団子を食べ進む。

「私の知識が役に立つなら幸せだな。もともと作ったものを喜んでもらえるのがうれしくて、料理に傾倒するようになったんだし」

村の人が私を頼りにしてくれなかったらここまで薬膳を学ばなかったと思うし、料理の腕も上がらなかったに違いない。

「うんうん。自分が作った料理を褒めてもらえると気分が上がるよね。だから陛下に『感謝する』と言われると、こう胸がドクンとするの。いつかお顔を拝見したいわ」

私は青鈴の発言を別の意味でどきりとしながら聞いていた。

まさか、よく知った仲だとは言えない。

「そうね」

曖昧に濁しながら、私も団子を口に放り込んだ。

その日も劉伶さまのための夕食は、いつものようにたくさんの献立が用意されていた。

しかし子雲さんがやってきて、白露さんになにやら耳打ちしている。

「麗華、ちょっと」

そしてそのあと白露さんに呼ばれた。

「実は陛下が風邪をお召しになったみたいなの。医者には診てもらっているらしいけど、薬膳でもなにかできないかとの依頼よ」

「お風邪を⁉」

そういえばここ数日、食事の残りが多い。食欲がなかったのかもしれない。

熱があるのか、腹を下しているのか……。症状によって使う食材も変わってくるし、どんなものなら食べられるのかも知りたい。

「どのような症状でしょう」

「それはちょっとわからないわ」

白露さんがつぶやくと、子雲さんが口を開く。

「麗華さま、陛下のところに一緒に行っていただけませんか。実はお体がひどくだるいようで、医者に食事はいらないとばかりおっしゃっています。それではよくないと申し上げているのですがなかなか。陛下に薬膳の説明をして、食していただけるよう進言していただけないでしょうか」

「私が？」

医者の言うことを聞かないのに？

「はい。ひとつでも望みがあるのなら試したいのです。幸い、陛下は薬膳に関しては興味がおありですし、心が動くのではないかと」

食べ物を受け付けないほど症状が重いのだろうか。

「承知しました。できる限りのことはさせていただきます」

劉伶さまのことが心配でたまらない。

私は子雲さんに続いて厨房を離れた。

てっきり蒼玉宮に行くと思ったのに、子雲さんは応龍殿に向かう。

私たち後宮入りした者も、尚食の仕事以外でも許可があれば門を出ることができるらしい。

「政をなさっているのですか？」

「いえ、応龍殿の奥には休憩できる部屋があり、寝台もあります。陛下はそこでお休みになっています。蒼玉宮には武官の玄峰さまを入れることができませんので、現在はそちらに。陛下は武術も達者でいらっしゃって、お元気ならば玄峰さまより優秀でいらっしゃるくらいなのですが……」

今は弱っていて身の回りを警護してくれる人がいつも以上に必要だから、応龍殿なのか。

それほどひどいの？

「いつも通りの食事では喉を通らないようで、お休みくださいという博文さまの進言にも耳を傾けられません。博文さまが、もう麗華さましか説得できないのではと」

子雲さんは眉根を寄せる。

「私に陛下を説得できるとは思えませんが、食事はとっていただきたいです。とにかくお話をさせてください」

「よろしくお願いします」

応龍殿に到着すると、博文さんが丁寧に出迎えてくれた。

「申し訳ありません。目立った行動をするのはどうかと思いましたが、陛下が頑なで」

久しぶりに交わした彼との会話にうなずく。

「体が病んでいるときこそ口から栄養を摂取するのは大切です」

趙さんのおじいさんも何度も深刻な状態に陥ったけれど、食べられるようになると回復が早かった。

「えぇ。子雲、人払いを」

「かしこまりました」

子雲さんは頭を下げて出ていった。

それからすぐに入ったことのない奥の部屋に案内される。すると玄峰さんも姿を現した。

「麗華さん、いつもうまい食事をありがとう」

「とんでもないです。陛下は……」

「実は四日ほど前から熱があります。医者に薬は処方されていますが、政も忙しく、お休みくださいと申しましても拒否されます。食事もひと口ふた口しか喉を通らないようで、なかなかよくならないのです」

玄峰さんと挨拶を交わすと、博文さんが説明してくれた。

そんなに前から？

それで房にも姿を現さなかったのかも。

食事を献上する際も、顔を見ることがなかったので気づけなかった。

玄峰さんが扉を開けてくれたので足を踏み入れると、片隅に置かれていた寝台で劉伶さまが額に汗を浮かべ息を荒らげている。

「陛下。朱麗華です。おわかりになられますか？」

傍らに行き話しかけると、彼は重いまぶたを持ち上げる。

「麗華……」

「人払いはいたしました。普通にお話しください」

博文さんが告げると、劉伶さまはうなずいた。

「劉伶さま、こんなにひどくなるまで頑張られたんですね。食欲がないとお聞きしましたが、食べていただきます」

目の前にいるのは、彗明国で絶対権力を誇る光龍帝。けれどもこれは彼の命を守るための命令だ。

「ははっ、麗華は厳しい」

「失礼します」

私は彼の額に触れた。

想像以上に熱が高くて驚愕する。

「舌を見せてください。裏もお願いします」

誰の言うことにも耳を傾けないと言っていたけれど、素直に舌を出してくれる。観察すると暗紫色をしていて、舌下静脈が浮き上がっていた。

「瘀血（おけつ）の状態だと思います。血の流れが滞っていて臓器の働きが弱っています。過労ではないですか？」

尋ねると、劉伶さまの代わりに博文さんが口を開く。

「劉伶さまは、地方の経済状態を改善するために知恵を絞っています。そのためにたくさんの人に会い、陳情を受けておりました。それこそ四六時中」

そうだったのか。

「劉伶さま、私たち地方で暮らしていた者にとっては本当にありがたいお話です。でも、志半ばで光龍帝がお倒れになっては、地方はよくなりません。国民を救ってくださるのなら、まずはご自分を大切になさってください」

彼は私利私欲を満たしていた香呂帝とはまったく違う。いつか彗明国を発展に導くだろう。

「それが麗華の願いか？」

「はい」

「ならば、聞かないとな」

彼は口元にかすかに笑みを浮かべながらも、困惑したような複雑な表情をしている。

皇帝となり国を背負った今、わずかでも手を抜くのが怖いのかもしれない。きっと篤実すぎるほどの人だから。

「政は少し博文さんにお任せして、休憩なさってください」

「陛下、どうかご指示を」

博文さんが臣下として懇願する。

「わかった。宋博文、余の休養の間、政は一任する」

「御意」

「あっはは。あんなに頑固だったのに、麗華さんの前では借りてきた猫のようだ」

緊迫した空気を和ませたのは玄峰さんだ。

「うるさい」

劉伶さまは皇帝の仮面を外してふてくされている。

あぁ、離宮にいた頃のようでホッとする。

「まずは高い熱をなんとかしたいですね。発汗が激しいので水分をとらないとまずいです。桑の葉茶を用意します」

桑の葉茶には熱を取る働きがある。

「あとは……梨をはちみつと一緒に煮てお持ちします」

梨にも解熱作用がある。はちみつはのどを潤すのに効果的だ。

「それなら食べられるかも。いつもの食事では入っていかないんだ」

これほど熱があるのだから当然だ。

「そうでしょうね。食べやすく調理しますからご安心を」

ひと口でも食べてもらうつもりだ。

口当たりのいいものから始めて、少しずつ食事を増やしていこう。

私がそう伝えると、劉伶さまはほんのわずかだが口角を上げた。

「博文、麗華を守ってくれ」

「わかっています。ただ、ここには厨房がありません。子雲に託します」

「……うん」

発熱のせいで顔を火照らせる劉伶さまは、私を切なげな目で見つめる。

「麗華、ごめんな」

「なにが、ですか？」

「あとは私が説明しておきます。劉伶さまは麗華さんが食事を持ってくるまで眠ってください。玄峰に手を握らせましょうか？」

博文さんは離宮にいたときのように少し意地悪な笑みを浮かべてからかう。

「玄峰の手なんか握ったら、治るものも治らなくなる」

劉伶さまも笑みを漏らしたが、つらいのかすぐに真顔に戻った。

彼が目を閉じたのを確認してから、博文さんと一緒に部屋を出る。

「今は薬膳料理が必要だと麗華さんを呼び寄せていますが、後宮は嫉妬や羨望が渦巻く場所です。劉伶さまに近づきたい妃嬪ばかりですから、麗華さんにその矛先が向かう可能性があります」

それで『ごめんな』だったのか。

「ですから、麗華さんとの接触をできるだけ避けるように進言してきました。でも、同じ男として劉伶さまがあなたに会いたいと思う気持ちは痛いほどわかるので、目をつぶっていたところもあります」

「そんな……」

劉伶さまはそれほどまでに私に会いたいと思ってくれていたのだろうか。

「今日、こうして呼んだこともすぐに広まるでしょう。その危険を冒してでも麗華さんを会わせたかった」

博文さんの真剣な表情を見て、緊張が走る。

「劉伶さまはここで毒を盛られ、腹違いとはいえ兄を死に追いやりました。威厳を保ち見事に政を仕切っていますが、本当は心が限界なのです。子雲の話では、安眠というものもまったく得られていないようだ」

「私、できることはします。妬まれようが構いません」

そう訴えたが、彼は小さく首を横に振る。

「後宮はあの村とは違う。妬まれるだけでは済まないのです。最悪、麗華さんも命を狙われることも」

「命……？」

妃嬪でもないのに？

でも、光龍帝の皇后の座を射止めたい者からしてみれば、近くをうろつき寵愛を得る女官は気にくわないのだろう。それが殺めるという発想につながるのが恐ろしい。

「そうです。だからいっそのこと、あなたを最初から皇后として迎えることも考えました。ですが、皇位簒奪の際に活躍してくれた地方の有力者の反感を買ってはまずい」

たしか貴妃と淑妃は、そのときに奔走した有力者の娘だと聞いている。

「いきなり市井の娘を連れてきて皇后に指名しても納得しない。ですからまずは後宮に入っていただき、その活躍ぶりを劉伶さまが気に入ってお手付きをしたことにしようと」

お手付きって……閨を共にするということだ。

博文さんにはっきり言葉にされて、耳が熱くなる。

「活躍といいましても……」

「その点は誰も心配していません。実際、後宮では麗華さんの薬膳の知識について絶賛されていますし、皇帝の体調を支えているのですから。ただ、その能力が後宮では嫉妬につながるのです。劉伶さまはそれを心配されています」

自分も毒を盛られたのだから当然といえば当然か。

「でもやはり麗華さんの言うことしか聞かないのですから、遠ざけておくわけにもいかない。困った人だ」

「す、すみません」

「あぁ、麗華さんではなく、劉伶さまのことですよ」

彼はようやく口元を緩めた。

「私たちや子雲が全力で麗華さんをお守りします。ですが、後宮内には子雲しか入れない。食べ物には気をつけて。後宮で信じられるのは、劉伶さまと子雲だけだと思ってください」

宦官はもちろん、青鈴ですら信じてはいけないんだ。せっかく仲良くなれたのに、悲しいとしか言いようがない。

けれども、長い間昇龍城で過ごしてきた彼らの言うことが正しいのだろう。

「承知しました」

残念に思いながらも、そう返事をするしかなかった。

それから待っていた子雲さんと合流して厨房に戻り、梨を煮て桑の葉茶も淹れる。難しい料理ではないのですぐにできた。

どうやらその間に、子雲さんがしばらく劉伶さまの食事はいらないと説明したらしく、白露さんが話しかけてくる。

「麗華。あなたがいてくれてよかったわ。薬膳なんてさっぱりだもの。しばらくお願いできると聞いたけど」

「はい。食欲もないそうなので、食べられるものから少しずつお作りします」

「お願いね。陛下にお出ししたらもう房に下がっていいから」

白露さんに嫉妬の念があるようには見えないけれど、見えないようにしているだけということもあるのか……。

それを見極めるのは私には難しいし、できれば彼女を信じたい。

とはいえ、博文さんに強く釘をさされたばかりなので気を引き締めた。

できあがった梨と桑の葉茶を持ち再び応龍殿に戻ると、劉伶さまは寝息を立てていた。

「眠ってる……」

安堵したものの、玄峰さんが首を横に振る。

「おそらくすぐに目覚めるでしょう」

そしてその言葉通り、「あぁっ」と大きな声をあげて目を開いた。

毎日こんな調子なのだろうか。

「劉伶さま。安心してください」

思わずそばに歩み寄り声をかける。すると彼は上半身を起こした。

「ごめん。驚かせた？」

「いいんですよ。汗びっしょりですね。水分補給をしなければ。お茶を飲めますか？」

茶壷から茶杯に注ぎながら尋ねると、「ありがとう」とうなずいている。

「お飲みになったら着替えをしたほうがいいです。汗で濡れたままですと、冷えてしまいますから」

私の話を聞いていた博文さんが、「子雲に着替えを持ってこさせます」と出ていった。

劉伶さまは、玄峰さんが毒見をしてくれた桑の実茶をごくごく喉に送っている。飲み物なら大丈夫らしい。

「早く治して麗華を自分で守りたい」

「えっ？」

「あはは。麗華さんに会うまで、あんなに沈んでいたくせして」

玄峰さんが思いきり笑っている。

「玄峰はいつもひと言多い」

劉伶さまは玄峰さんをにらんでいるが、皇帝として威光を放っているわけではない。離宮にいた頃と同じく、親友が戯れているという感じだ。

「玄峰さん、劉伶さまの着替えの手伝いを……」

「麗華がしてよ」

「で、できません」

着替えを手伝うなんて恥ずかしいことは絶対に無理だ。

「随分元気になったんですね。男の衣を脱がせる趣味はあいにくありませんので、手短にお願いします」

「ちょっ、乱暴にするなよ、玄峰」

私が劉伶さまに背を向けている間に、どうやら夜着を脱がされているようだ。

「玄峰さん。劉伶さまの汗を拭いてください」

「わかった」

ふたりはなにやら小競り合いを始めた。

「痛いって。力の加減を知らないのか？　一応皇帝なんだぞ」

「あぁ、そうでしたね」

「皮膚が破れる。麗華、助けて」

劉伶さまの悲痛の叫びもあっさりと聞き流されたようで、くすりと笑みを漏らしてしまった。

「ふふっ。元気そうでよかったです」

こうしていると離宮にいるみたいだ。

そこに博文さんが着替えを持って現れた。

「玄峰、劉伶さまの背が真っ赤だけど？」

本気で痛かったの？

「だから麗華に頼んだのに」

「なるほど。無茶を言ったんですね。玄峰、続けて」

「博文まで……。痛いって」

三人のやり取りがおもしろすぎる。

「はぁ、余計に熱が出そうだ」

どうやら着替え終わったらしく、劉伶さまがつぶやいている。

私は振り返って、彼に近づいた。

「食べてくださいね」

「うん。麗華の作ったものなら食べられそうだ」

梨の入った器を差し出したものの、劉伶さまが手にする前に引いた。毒見がまだだった。

「ごめんなさい。先に食べます」

「それは俺が」

私が口に入れる前に、玄峰さんがためらいもなく食べ始める。

「うん、うまい。もうひとつ」

「玄峰、俺のだ」

低い声で玄峰さんを牽制した劉伶さまだったが、その目は憂いを含んだ色をしている。毒見など大切な人にさせたくないに違いない。

でも、材料は厨房にあったものなので、やはり必要な行為なのだ。

劉伶さまが食べ始めると、博文さんが口を開く。

「麗華さん、毒見は私たちがします。ですから絶対に麗華さんはしないでください」

「どうしてですか？」

ふたりだって劉伶さまに必要な人だ。いや、私とは比べ物にならないくらい、彗明国にとって重要な人物。おそらくこのふたりを頼って政を司っているのだから。

「文官や武官はいくらでも代わりがおります。そのための科挙、武挙試験なのです。ですが、麗華さんはこの世にひとりしかいらっしゃいません」

「私はただの尚食ですよ」

「劉伶さまの顔を見てください。口が尖っています」

本当だ。すこぶる不機嫌な表情で梨を咀嚼している。

ゴクンという大きな音のあと、劉伶さまが口を開く。

「麗華。お前は俺にとって唯一無二の女だ。ただの尚食なんかじゃない」

恥ずかしげもなくはっきりと言いきられて、なんと答えていいのかわからない。顔を伏せて黙っていた。

「しかし、博文と玄峰も殺すつもりはない。毒見にはなにか動物を飼おう」

「そうしましょうか。劉伶さまは優しすぎて、誰かに毒見をさせなければならないという罪悪感でまた熱を出しそうですから」

博文さんがそう言ったので、場が和んだ。

しばらくして、器に盛ってあった梨はすっかりなくなった。

「これなら粥も食べられそうですね。次はそうします」

「うん」

寝台に横たわった劉伶さまは、幾分か唇の色がよくなっている。

「それでは私はこれで」

心配でたまらないけれど、私の仕事は終わった。頭を下げて出ていこうとすると、「お待ちください」と博文さんに止められる。

「どうかされました？」

「実は……麗華さんに許可をいただく前にちょっとした細工をしてしまいまして」

「細工？」

「子雲に劉伶さまの着替えを取りに行かせたとき、女官の衣も一緒に用意させ、それをわざと目立つように持って麗華さんの房に向かうように言いつけました。大男ですから、子雲の懐から女官の衣が見えれば、一緒に歩いているように見えるでしょう」

それがどうしたのだろう。まったく話が読めない。

「つまり、麗華さんは房に戻ったことになっています」

「なるほどね。ここで寝ろと言っているわけだ」

私より先にその意図に気づいた玄峰さんが言う。

「え……」

「さすがは彗明国の頭脳だな」

まだ少しけだるさの残る声で劉伶さまが博文さんを褒めたたえる。

しかし私は呆然としていた。

「お願いできないでしょうか。劉伶さまはもう何日もまともに眠れていない。このまま発熱が長引けば、政も滞ります」

「政は博文さんがされるのでは？」

先ほどそういうことになったはずなのに。

「それは書類の調印などの形式的な仕事だけです。彗明国は、劉伶さまのひと言でなにもかもが動きます。誰にも代わりなどできません」

政を司っている姿を見たことはないが、それほどの権力を握っているのか。それは心に負担もかかるだろう。ひとつ間違えれば、国が滅びる。その責務をひとりで背負っているのだから。

「離宮ではそうしてただろ？」

ためらう私に劉伶さまが畳みかける。

「でもそれは、まさか皇帝になる方だとは思っていなかったからで」

「たしかに俺は彗明国の皇帝だが、麗華の前ではただの男だよ」

「そういうことは、ふたりきりのときにやってください。博文、退散しよう」

玄峰さんが呆れたように溜息をつく。

「麗華さん、どうか劉伶さまの我儘を聞いてください」

博文さんが私に頭を下げるので慌てる。

私だって劉伶さまに眠ってほしい。

「わかりました。でも劉伶さま、明朝は粥を食べてくださいね」

「御意」

劉伶さまがそんな返事をするので、あとのふたりは笑いを噛み殺して出ていった。

扉が閉まると、劉伶さまは手を伸ばしてきて私の腕に触れる。

「強引にごめん。あのふたりもずっと眠っていないんだ。今晩も隣の部屋で待機しているはずだよ。でも、俺がうなり声をあげなければ眠れる」

劉伶さまはふたりを休ませたくて、私を引きとめたのか。

さすがは科挙試験に合格するほどの人たちだ。瞬時に頭が回る。

「そうだったんですね」

「俺のためにためらいなく毒見をしてくれる友だから大切にしたい」

やはり気にしている。

きっと皇帝となるには優しすぎる人だ。でも、優しいからこそ導かれる国の平穏があるような気がする。

それから彼は衾をめくり、「おいで」と優しい声で囁くように言う。

「待ってください。同じ褥で？」

「ひとつしかないだろ？　離宮の寝台よりずっと広いから落ちたりしないよ」

落ちるとか落ちないという心配をしているわけではない。

「麗華も熱があるみたいだな。顔が真っ赤だ」

「こ、これは違いま……あっ」

恥ずかしさに頬を赤らめていると、強い力で引かれて寝台に乗ってしまった。

「心配しないで。思慮なく手を付けたりはしない。麗華のことは絶対に欲しいから、慎重に事を進める」

本気で皇后にするつもりなんだ。

でも、『絶対に欲しい』とまで言われて、うれしくないわけがない。

「移すといけない。こっちを向いて寝るから」

なかば無理矢理、隣に寝かされたものの、彼は優しい。

熱い手で私の手を握った劉伶さまは、反対の方向に顔を向けて眠りについた。


夜中は熱のせいで発汗し顔をゆがめることはあったものの、そのたびに汗を拭い、

「ここにいます」と語りかけていたら、朝まで目覚めることなく眠った。

朝日が昇る頃、寝息を立てている劉伶さまの様子をうかがったが、随分顔色がよくなっていてひと安心。

彼を起こさないよう寝台を下りて隣の部屋に行くと、博文さんが出迎えてくれた。

玄峰さんはまだ眠っている。

「やはり麗華さんの力は絶大だ。劉伶さまが叫び声をあげずに眠るなんて。必ず皇后になってください」

「いえ、そんな……」

劉伶さまのそばにいたい。でも、皇帝の妻なんて自信がない。

「あなたは彗明国にとっても大切な方。皇帝陛下が力を発揮するのに必要な人です。そろそろ子雲が参ります。宦官の衣を持ってくるように言いつけてありますので、そ

ちらに着替えて子雲の懐に隠れてお戻りください。ありがとうございました」

まるで自分のことのように深く頭を下げる彼は、本当に劉伶さまのことを大切に思っているのだろう。

私は満たされた気持ちで応龍殿を出て房に戻った。

房では陳皮ゆり根酒の壺を引っ張り出した。

これが早く飲めるようになれば、もう少し安眠できるはずなのに。

離宮で根気よく続けていたらとても調子がよかったことを思い出して、壺の中の酒を混ぜる。そして再び荷物の奥に押し込んだ。

それから厨房に向かい、劉伶さまのために棗と高麗人参を入れた粥を作り始める。

粥はたくさん食べてもらえるように彼の好きな鶏の湯で作った。

棗は不眠にもいいし、疲れたときにも効果的。高麗人参は薬膳で使う素材の中では秀逸で、気を養うには最高の素材だ。

それからもうひとつ、解熱作用のある葛を使って餅をこしらえた。これは口当たりがよく、気が向いたときに食べてもらいたいと思ったからだ。

医者から薬は処方されているので、料理はあくまで脇役でいい。けれども、おいしく食べるという行為そのものが人を元気にすると信じている。

　それらを作っていると青鈴がやってきた。

「麗華、早いね。あっ、陛下の？」

「そう。食欲がないそうなので食べやすいものを。青鈴は？」

　今日は劉伶さまの食事がいらないので、尚食の仕事はお休みのはず。

「喉が渇いて。杜仲茶を飲みたいなと思ってね」

　彼女は私の隣で杜仲茶を淹れ始めた。

「そういえば香徳妃がまた麗華になにか作ってもらいたいって。それに麗華の噂、李貴妃の耳にも届いているみたい。貴妃に目をかけてもらっている女官が言ってたよ」

「李貴妃まで？」

　妃嬪の中で位が一番高い李貴妃。遠目に見たことがあるが、とても美しい方だった。

「うん。そのうち依頼があるかもね。お腹の調子が悪いんだって」

「そっか……」

「すごいよね、麗華は。あっという間に妃嬪に気に入られてるんだもん。それに光龍帝さまにまで。いつか皇后になっちゃいそう」

　彼女は口の端を上げてみせたが、いつものような弾けた明るさがない。

「そんな。私は料理が好きなだけ」

　青鈴はお茶を淹れると、小さくうなずいて出ていった。

劉伶さまには粥と葛餅、それと博文さんと玄峰さんの分として湯をとった鶏でピリッと辛い棒棒鶏（バンバンジー）と、卵ときくらげの炒め物もこしらえた。

ふたりは劉伶さまと食事を共にしているはずなので、尚食が作らなければまた『まずい』という料理を自分たちで用意するのかもしれないと思ったからだ。

劉伶さまと一緒に闘っているのだから、彼らだって栄養を取らなくては。

そうしていると子雲さんがやってきた。

「運びましょうか」

「子雲さん、こちらから取り分けて食べていただけますか？　毒見をさせて申し訳ありません」

「いえ。それではいただきます」

彼は大皿からほんの少しずつ取り分けるので、私は多めに盛った。

「お嫌いでなければ食べてください。陛下のお食事に気を配ることはできますが、子雲さんにも元気でいていただきたいので」

彼らも女官に依頼するか自分で作るなどして調達している。もしかしたら料理上手という可能性もあるが、ついでなのだし食べてもらいたい。

「ありがとうございます」

彼が感極まった様子で頭を下げるので焦った。そんなたいそうなことをしたわけではないのに。

「ひと口ずつ食べさせていただき、一旦房に運びます。陛下に温かいものを」

「そうですね」

本当に気配りのできる人だ。

彼は毒見をしたあとすぐに自分の分を房に持っていき、私と一緒に応龍殿に向かった。

「毒見は済んでおります」

子雲さんは運んでくれた料理を玄峰さんに渡す際、そう付け足して出ていく。

「麗華さんが子雲に頼んだの？」

「はい。劉伶さまが気にされるので、目の前でなさらないほうがいいかと」

私や子雲さんを信頼してもらえていなければできないことだ。でも、そのあたりは大丈夫だと踏んだ。

「そうですね。ところで、劉伶さまがおひとりで食べられるには多すぎでは？」

博文さんが口を挟む。

「この二品はおふたりでどうぞ。あっ、もちろん劉伶さまが食べられれば食べていただいてもいいのですが、まだ消化がよさそうなもののほうがいいかと思いまして」

「聞いたか、博文。お前のまずい飯を食わなくて済む！」

「それはこちらの台詞だ、玄峰」

ふたりはとてもいい関係だ。会話を聞いていると楽しい。

「劉伶さまは起きられていますか？」

「はい。目覚めもよく、熱も下がっているようです。医者の薬より麗華さんのほうが効果があるとは。さあ、お待ちかねです」

博文さんは笑いを噛み殺しながら私を促した。

「おはようございます。お食事をお持ちしました」

「麗華、おはよう。久々に体が軽いよ。麗華は大丈夫？」

「私は平気です。粥と葛餅を用意しました。食べられますか？」

尋ねると彼は大きくうなずいた。

それから、離宮のときのように四人で卓子につき、食事を楽しんだ。

思えばあの頃は本当に楽しかった。劉伶さまの毒を抜くという使命はあったものの、皆が笑顔で私の料理を楽しんでくれる至福の時間だった。

今は場所も立場も変わったけれど、なくしたくない光景だ。

劉伶さまは葛餅を気に入ったらしく、かなりの勢いで食べている。

「これで風邪がよくなるなんて最高だな。うますぎて、毎日でも食べたい」

「劉伶さま、もうすっかり食べられるじゃないですか。昨日の晩まではいらないと我を通していたくせして」

博文さんの指摘にいちいち顔をしかめる様子は、皇帝とは思えない。

「本当にお前たちはうるさいな。麗華とふたりきりがいい」

「また我儘が始まった」

玄峰さんは棒棒鶏を大口で食べながら呆れている。

けれど多分、劉伶さまは我慢ばかりの人だから、こうして我儘を言える場所が必要なのだと思う。それをふたりも承知していて、茶化しているだけ。

「ずっと風邪を引いていたいな。そうしたらこんなに楽しく飯も食える」

「迷惑です」

博文さんはぴしゃりと断言して卵を口に運ぶ。

でも皆、本当はそう思っているのではないだろうか。

皇帝の顔をして堅苦しい挨拶をしなければならない劉伶さまも、常に気を抜けない博文さんと玄峰さんも、離宮にいた頃より肩に力が入っているのが一目瞭然だ。それでも、彗明国のためには頑張ってもらわなくてはならない。

また香呂帝のような私利私欲に溺れる皇帝が頂点に立ったら、国民が不幸になる。

「そういえば、例の件はどうなっている？」

劉伶さまが突然博文さんに話を振った。

「北方の町で軍が立ち上がりそうなのは間違いありません。ですが、今のところ禁軍の勢力にははるか及ばず。たとえ攻め込んできても犬死にでしょう」

皇位を奪還してそれで済んだわけではないんだ。

当然かもしれないけれど、軍なんて今まで私にはまったく関係がない話だったのでハッとした。

「今のうちに叩きますか？」

次に玄峰さんが眉を上げて尋ねる。

「いや。〝善く士たる者は武ならず。善く戦う者は怒らず。善く敵に勝つ者は与にせず。善く人を用うる者はこれが下と為る〟という教えがある。もう少し軍を慕った背景を探れ」

劉伶さまが不敵な笑みを浮かべて命じる。

どういう意味だろう。

彼らのように賢くはないのでわからない。

私が首を傾げていることに気づいた博文さんが口を開いた。

「優れた武人は武力で物事を解決しない。優れた戦士は怒りに身を任せることはない。上手に勝ちを収める者は相手と争わない。人を使うのがうまい者は上に立とうとはせずへりくだる。というような意味です。不争の徳——つまり戦わないことこそが徳であると」

発言の意味がわかったとき、劉伶さまの政の在り方に激しく共感を覚えた。

香呂帝を追い込んだときも最小限の血しか流れなかったと聞いている。本来なら皇帝崩御の際、自刎すべきだった妃嬪や多くの宦官も後宮から逃がしたとか。

もしかしたらそうした人たちが反対勢力となって襲ってくる可能性だってあるのに、光龍帝は血を流さない選択をしたのだ。

私はそんな光龍帝が彗明国を導いてくれることをうれしく思う。

「素晴らしいですね。村にいた頃は貧しかったですが、争いもなく穏やかでした。後宮の生活は贅沢で華やかですが、心休まりません。それはきっと、皇帝や皇后の座を狙った争いがあるからでしょうね」

「そうですね。劉伶さまも皇帝の椅子を望んでいたわけではない。文官として私たちと一緒に働いていただけでした。でも、皇帝の血を引くというだけで命を狙われた」

博文さんが苦々しい顔で吐き捨てる。

すると劉伶さまは静かに口を開いた。

「麗華を巻き込んだことは今でも正しかったのかわからない。まったく俺の我儘だ。ただ、ひとつだけ望むとしたら、麗華だったんだ」

彼は私に視線を絡ませて感情を吐露した。

「ならば、彗明国を平和に導き、麗華さんを皇后に迎えるしかないな。我々は死ぬも生きるも一蓮托生だ。どうやら武力はあまり必要ないようだが、全力は尽くす」

玄峰さんは右の口角を上げる。

「麗華さん、劉伶さまをお願いします」

博文さんが頭を下げる。

「な、なにをおっしゃっているんですか！」

この三人とは同じ場所には立てない。私は料理で癒すことくらいしかできないもの。

「今日一日、気を養わせてくれ。明日からはまた皇帝に戻る」

「そのように」

今日だけは、光龍帝ではなく伯劉伶として過ごせるんだ。

それがうれしくもあったが、彼が背負った運命を気の毒にも感じた。

仲を取り持つ杏仁豆腐

　後宮に戻ったあと、あれこれと思いを馳せる。

「私にできること……」

　劉伶さまたち三人が、自分を犠牲にして彗明国を導こうとしている。私にもなにかできることはないだろうか。

　そんなふうに考えていると子雲さんが訪ねてきた。

「麗華さま。李貴妃がお呼びです」

「貴妃が？」

　青鈴の言っていた薬膳のことだろうか。

　私は慌てて身なりを整え、紅玉宮に向かった。

「朱麗華さまをお連れしました」

　宮の入口で子雲さんが声をかけると、女官が扉を開ける。

　上級の妃嬪にはこうして女官や宦官が何人もついて世話をしている。

　子雲さんと別れ、女官と共に扉の先に進むと、髪を元宝髻（げんぼうけい）に結い見事な金の歩揺を挿した李貴妃が私を笑顔で出迎えた。

「朱麗華でございます」

私はすぐに跪き、頭を下げる。

「突然ごめんなさい。薬膳料理の噂を聞いて興味を持ったの」

「恐縮です」

やはりそうだったか。

「私の食事も作っていただけないかしら」

「承知しました。どのようなお悩みがございますか?」

青鈴がお腹の調子が悪いと話していたような気がする。

「月のものの前になるとなんとなく気分が悪くて。このあたりに鈍痛が」

李貴妃は下腹を手で押さえた。

「それは気滞(きたい)という状態かと思われます。月のものの前に気分がふさいだり、お腹が張ったりというような症状が出ます。そのようなときは茉莉花茶(ジャスミン)がよろしいかと」

「お茶でも改善できるのね」

「はい。ですが医者が出す薬とは違いますので、すぐに効果があるわけではありません。少しずつ体質を改善していくものと思っていただければ」

「体質……」

治らないととがめられても困ると、慌てて付け足した。

「はい。それと、体の冷えがあると痛みが増すことがあります。そんなときは体を温め血の循環を促す蓬が効果的です。蓬は艾葉という薬でもありまして、止血や止痛の薬としても用いられます」

李貴妃は身を乗り出すようにして聞いている。よほど興味があるのだろう。

「実は今も痛いの」

「そうでしたか。それでは蓬餅をお作りします。茉莉花茶もお添えしますね」

私は一旦退出して、厨房に向かった。

乾燥した状態で保存してある蓬を取り出し、早速調理を開始する。以前香徳妃に作った豆腐団子に蓬を入れるつもりだ。

それに小豆を黒砂糖で煮てのせる。小豆はむくみの解消に効果があり、月経のときに速やかに血を排出するのに一役買うと言われている。

蓬餅ができると、すぐさま紅玉宮に戻った。

控えていた女官が、おそらく毒見のために最初に口にしたあと、貴妃も食べ始める。

「おいしいわ。これで体質が改善するの？」

「あくまでひとつの例です。他に黒きくらげなども効果があります」

気に入ってもらえたようで、李貴妃の声が弾んでいる。

「あなた、素晴らしい知識を持っているわね。それで、その知識を使って陛下に近づこうとしているのね」

「えっ……」

今まで莞爾として笑っていた貴妃の瞳が、突然憤怒の色を纏うので愕然とする。

「姑息な女。一介の尚食が、陛下に気に入られるとでも思っているの⁉」

李貴妃は食べかけの蓬餅がのった皿を私に投げつけた。

「い、いえ。私はただ……体調のお悪い陛下が、薬膳料理を希望されていると聞きしまして」

博文さんが言っていたのはこういうことなのだ。

「それでも辞退すべきよ。陛下に一番近いのは、この私よ！」

そして茉莉花茶を私の顔めがけてかける。

熱い……。

私はお茶をかけられた頬をとっさに拭った。

傍らで仕える宦官も女官も、にやにや笑っているだけで助けてくれそうにはない。

「申し訳ありません。ですが私は尚食です。陛下の体調を考えてお食事を準備するのが仕事です」

「あっははは。後宮に女官が何人いると思っているの？　あなたの代わりなどいくらでもいるわ」

高らかに笑い声をあげる貴妃は、跪いていた私のところに勢いよく歩み寄りいきなり頬をぶつので、床に倒れ込んでしまった。

「私に口ごたえするなんて。話せなくしてあげましょうか？」

「貴妃さま、なにか大きな音がしましたが、大丈夫ですか？」

そのとき、扉の向こうから子雲さんの声がした。

李貴妃は乱れた上襦を直してから答える。

「なんでもないわ」

「麗華さま、お仕事がございます。そろそろよろしいですか？」

「は、はい」

助かった。いや、助けてくれた？

私は怒りの形相の李貴妃に頭を下げてから紅玉宮を飛び出した。

後宮の怖さを本当の意味でわかっていなかった。少し陛下に気にかけてもらえているというだけで、これほどの仕打ち。疎まれれば命すら危ういというのは、事実だった。

ここでは足の引っ張り合いに懸命で、妃嬪同士が手を取り合って彗明国を盛り立てようという気持ちなど皆無なのだ。

改めて恐ろしい場所に足を踏み入れてしまったと、緊張が走る。しかしその一方で、負けたくないという感情も抱いた。

それは、劉伶さまたちが必死にこの国を守ろうとしているのを知っているからだ。

「お待たせ、しました」

「麗華さま、これは……」

おそらく、熱いお茶をかけられた上に叩かれた頬が赤くなっているのだろう。

私の様子を見た子雲さんは言葉を失くし、私の背を押して促す。

焦りの表情を浮かべているのは、李貴妃からの伝言をした責任を感じているからかもしれない。しかし、こんな事態になると誰が予想できただろう。

「心配いりませんよ」

だから私は小声で伝えた。

それでも彼は眉根を寄せて首を横に振り、足を速める。そして私を房に入れたあと、厨房から冷たい水と布を持ってきた。

「申し訳ございません。少し失礼いたします」

房に入ってきた彼は、冷たい布を私の頬に当てる。

「ありがとうございます」

「なにがあったんですか？　まさか、このようなことに」

「本当に大丈夫です。私が生意気なことを言ってしまっただけです。あっ、陛下には知らせないでください」

病んでいるというのに、余計な心配はかけられない。

「そういうわけには参りません」

「お願いです。陛下は〝善く戦う者は怒らず〟と教えてくださいました。ここで冷静さを失っても、李貴妃には勝てません」

私はこのとき初めて、皇后になることを強く意識した。李貴妃よりも、光龍帝――劉伶さまの近くに行かなければならないと。

それは、気に入らない者を排除して皇后の座を手に入れようとしている李貴妃のそばにいても、劉伶さまは気が休まらないと思えたからだ。

不争の徳を口にし、争い事を避けたいと考えている彼のためになるとはどうしても思えない。それなら私が皇后になって、劉伶さまの理想の国を作る手伝いをする。

いや、国政の手伝いなんてとてもできない。けれど、彼の心休まる場所を作ることはできる。

これほどひどいことをされたというのに、私の心には怒りより闘志が湧いていた。

「陛下は、麗華さまのご無事だけをひたすら願われています。麗華さまを危険にさらすことだけは決してするなと。私が浅はかでした。申し訳ありません」

「子雲さんのせいではありません。でも……本当は少し怖いので、できるだけ近くにいてくださると助かります」

「はい。このようなことが二度とないようにいたします」

謝罪すべきは子雲さんではないのに、悲痛の面持ちだ。

「私は……後宮の妃嬪や女官は、光龍帝を支えるための存在でなければならないと思います。跡継ぎが大切なのはわかります。でも、彗明国が繁栄してこそ未来を託す人物が必要になるのです」

たとえ次期皇帝を産んだとしても、彗明国が滅びたら意味がない。

「おっしゃる通りです」

「後宮の揉め事で、劉伶さまの心を乱すべきではありません」

「しかし、おひとりで李貴妃と対峙されるのはとても……」

彼が躊躇するのはわかる。李貴妃にはたくさんの宦官や女官がついている。香呂帝のときのように、政の乗っ取りを企んでいる宦官が彼女を利用しようとしている可能性もある。

「ひとりでなければいいんです。味方を増やします」

「どうやって？」

子雲さんは目を丸くする。

できるかどうかはわからない。もしかしたら李貴妃に煙たがられて、命を狙われるような事態に陥る可能性もある。それでも、やらなければ。

「私には薬膳しかありません。それでなんとか。どうしても無理だと思ったときは、陛下にすがります。だから陛下のお耳に入れるのは少し待ってください」

子雲さんは苦々しい表情で、唇を噛みしめる。

おそらく、劉伶さまから私のことを随時耳に入れるように命じられているのだ。

けれど、私は私の力で血なまぐさい陰謀渦巻く後宮を、皇帝陛下――いや国を支える基盤となるような場所にしたい。

自分でも、なんて大それたことを考えているのだろうと呆れる。だって、つい先日までただの貧しい村の娘だったのだから。

しかし、命をかけても彗明国の民を守りたいという劉伶さまの気持ちが理解できるからこそ、その夢の実現のための歯車になりたい。

「陛下も頑固な方ですが、麗華さまもそのようですね。承知しました。ですが後宮内では必ず私を伴ってください。それと、麗華さまのお口に入るものの毒見は私がいたします。それを了解してくださることが条件です」

どうやら子雲さんもなかなか頑固らしい。

「わかりました。よろしくお願いします」

子雲さんが毒見をすることは早いうちに周りに知らしめよう。そうすれば安易に盛る人間もいないはずだ。

私が手を差し出すと、彼はためらいながらも握ってくれた。

これは刎頸の友の証。劉伶さまたちが信じる彼を私も信じる。

夕食の時間まで必死に顔を冷やしたら赤みは飛んだ。火傷をしたわけではなさそうで胸を撫で下ろした。


その晩も劉伶さまには粥を用意した。

粥には瘀血にも効果的な蛤(はまぐり)を入れてある。蛤の殻は海蛤殻(かいごうかく)という咳や痰に効く漢方としても知られている。

蛤から旨みが出て味もなかなかいい感じ。

他にも口当たりのよさそうなものを数品用意して、応龍殿に向かった。

薬膳料理のおかげか、医者の薬か、はたまた自己治癒力か、劉伶さまはとても元気になった。明日から政にも復帰するという。

さすがに今晩もここにとどまることは難しく房に戻ろうとすると、劉伶さまは博文さんと玄峰さんを部屋から出してふたりきりになった。

「麗華。お前がいてくれてどれだけ心強かったか」

彼はそう言いながら、私の左頬にそっと触れる。李貴妃にぶたれた左頬に。

「どうしたんだ」

もうわからないと思っていたのに、気づいていたようだ。

「あ……、歩いていたら柱にぶつかってしまって」

「柱って……」

とっさに嘘をつくと、困惑気味の彼は顔をしかめて私を抱き寄せた。

「くそっ。どうしたらいいんだ。俺が動くと命のひとつやふたつ、すぐに飛んでしまう。どうしたら、麗華を守れるんだ」

誰かになにかをされたと気づいているのだ。子雲さんはあれからずっと私と一緒だったので、なにも伝えていないはずなのに。

彼が表立って怒りをあらわにするということは、その対象者に厳罰を下すということなのだろう。皇帝のひと言はそれほどまでに重い。

「麗華を苦しめるためにここに呼んだわけじゃないのに」

「わかっています。私は私にできることをして、劉伶さまのそばにいます」

そう伝えるので精いっぱいだった。

大切な人が皇帝だっただけ。そのためにたくさんの制約があるけれど、一緒にいたいのなら乗り越えるしかない。

「麗華……。俺は必ず民を幸せにする。だから少し耐えてほしい」

「もちろんです。劉伶さまは私の大好きな村の人たちを救ってくださるんです。こんなにうれしいことはありません」

香呂帝のままだったら、村は今頃飢えに苦しみ、助かるはずの命が失われていたかもしれない。

「ありがとう。子雲には離れないように言っておく。俺もできる限り房に行く」

「はい。お待ちしています。もう行きますね」

皇帝にあんなに狭い部屋に来てもらうのは間違っている。でも、今はそうするしかない。妃嬪の視線が常に向いている蒼玉宮では会うのはとても危険だ。

「……うん」

当惑の表情を浮かべる彼は、最後に私の手を握り視線を絡ませてから離れた。

翌日からは尚食の仕事も元通り。

しかし劉伶さまの体調がまだ万全ではないかもしれないので、しばらくは葛茶をつけた。

相変わらず、皇帝と女官という立場では視線を合わせることも叶わない。けれど、「美味であった」というひと言を聞くたび、心躍らせていた。

後宮では子雲さんに、薬膳の知識を生かして菓子を作り、お茶会をすると広めてもらった。

最初はいつも一緒に働く尚食の仲間から始めるつもりだったが、香徳妃が興味を示し、それならと白露さんに頼んで大掛かりな茶会を開くことにしたのだ。

これを通して後宮の妃嬪や女官のつながりを作りたい。

ほとんど互いのことを知らず牽制し合っているばかりでは雰囲気が悪いし、いつか憎き相手を殺めるという事態に発展しそうだったからだ。

実際、香呂帝の後宮では何人もの妃嬪が不審死したり、産まれたばかりの赤子が殺されたりしたという。それもすべて皇帝の座をめぐる争いだ。

劉伶さまがどの妃嬪のもとにも渡らず、男色だという噂が立っているので、そこまでのことは起こっていないが、李貴妃の激憤を見ていると遠からずそうしたことがあるかもしれないと感じた。しかも、その矛先は私に限らないと。そうなる前に、つながりを作っておきたい。

私は互いに情が湧けば、簡単に人を殺めたりできないのではないかと考えていた。

お茶会には香徳妃をはじめとして妃嬪が三人、そして女官が十人ほど。さらには、尚食の仲間が参加した。

「本日はさつまいもを使いました餅菓子をご用意しました。さつまいもは便通の改善に役立ち毒素を排出しますので、肌荒れに効果があります」

後宮の中庭に集まった妃嬪たちに、尚食が菓子を配り始める。

「餅の原料の餅米は、体を温めます。また活動の源である〝気〟を補う効果が大変強く、疲労回復にも効きます。気が不足すると代謝が落ちて脂肪がつきやすくなるんです。ですから適度にお召し上がりいただくと、体型維持にも役立ちます。あくまで適度に。食べすぎは厳禁です」

効能を話すと、妃嬪たちは目を大きく開いて驚いている。

「上に散らしてあります黒ごまは若返りを促すと言われます。これも便通改善、美肌に効果があります。餅はさつまいもの甘味だけですので、蒸したもち米から作る水飴をかけました。この水飴は膠飴（こうい）という漢方でもあり、胃腸の調子を整えます」

女官たちも目を輝かせている。

菓子は後宮の外から宦官に持ち込んでもらうことがほとんどで、後宮内で作られることはあまりないと聞いた。香徳妃に分けてもらった月餅のように、珍しいものなのだ。

「お茶は普洱茶（プーアル）をご用意しました。動物性の脂を分解する効果があり、こちらも体型維持に最適です。どうぞお召し上がりください」

菓子でありながら、女性の悩みを改善する品になっているはず。

妃嬪たちに仕えている女官がまずは口をつける。毒見だ。

「まぁ、すごくおいしい」

するとすぐにあちらこちらから賞賛の声が湧き起こり、香徳妃をはじめとする妃嬪たちも笑顔で食べ始めた。

どうやら大成功だったらしい。

積極的に調理を手伝ってくれた青鈴と顔を見合わせ、笑い合った。

普段はそれぞれ宮にこもり妃嬪同士の交流は少ないと聞いていたけれど、菓子の感想を言い合っているうちに話が盛り上がってきた。

私も青鈴と一緒に餅を口に放り込みながら、その様子を観察していた。

誰が光龍帝の寵愛を賜り御子を孕むかという競争のせいでギスギスしている後宮が、ほんのひととき和んだ気がする。

もちろん、競争がなくなるとは思えない。けれども、その権利を手にするために邪魔な妃嬪を殺めるという馬鹿な争いはなくなってほしい。

もし将来、私が本当に皇后になれたとしても、劉伶さまが別の妃嬪のもとに通うことは皇帝としての役割のひとつだとあきらめるつもりだ。皇帝は、跡継ぎを残すというのも大きな仕事だから。

正直に言えば、あの離宮で私だけを見ていてほしかった。しかし、それはもう叶わない。

一抹の寂しさを覚えつつ、彗明国のためならばと考えていた。


茶会から五日後。

子雲さんと入れ替わった劉伶さまが私の房にやってきた。

「麗華」

久しぶりに聞く彼の柔らかな声が私の心を和ませる。

「もうすっかり風邪は治られたんですね」

「あぁ。麗華のおかげだ。滞っていた政の処理で博文に絞られているよ」

彼はくすりと笑みを漏らす。

「あれからはなにもない？」

私の左頬に触れて困惑の表情を浮かべる彼に、微笑んでみせる。

「大丈夫です。子雲さんがそばにいてくださいます」

李貴妃からの呼び出しはないし、宦官や女官からの接触もない。

「子雲ではなく俺が守りたい」

彼は唇を噛みしめているけれど、こうして房に来てくれるだけで十分すぎる。

「劉伶さまは国を導くお仕事がありますもの。それに、国が平和でなければ私も幸せではありません」

「優しいんだな、麗華は」

口角を上げる彼は、私を腕の中に閉じ込めた。

彼はしばしばこうして私を抱きしめるようになったが、本当に心地いい。不安が一瞬で吹き飛んでいく。

「今、少し地方に不穏な動きがある。兵を集めている地域があるんだ。そこを抑えなければならない」

先日話していた件だ。

私は一旦離れて彼の目を見つめる。

「切羽詰まっているのでしょうか？」

「いや。そういうわけではないが、今の状況に不満があることはたしかだろう。芽が小さなうちに摘んでおく必要がある」

たしかに一理ある。

「〝大国を治むるは小鮮を烹るが若し〟と言う。まずは博文の臣下の文官を数人派遣して、彗明国の発展のために働けば決して排除はしないとわかってもらい、地方でなにをすべきか考えさせるつもりだ。地方には俺たちが知らない事情もあるだろうからね」

「小鮮を烹る……？」

やはりなにを言っているのかわからない。

「ははは。小魚を煮るときに、むやみやたらとかき混ぜたらどうなる？」

「身が崩れます」

「うん。つまり、大国を治めたいのなら、小魚を煮るときのように必要以上に手出しをするなということだ。禁軍を使って圧をかけるのは簡単だ。でもそれでは必ず強い反発が生まれる」

なんて思慮深いのだろう。

無理矢理従わせれば反発勢力の勢いが増す。だから、文官を使って今後について冷静に考えさせようとしているのだ。

やはり彼は彗明国の頂点に立つべき人。

そんな劉伶さまのそばに私がいていいのかと不安になる。

「それが一段落したら、麗華を皇后にと考えている」

「私……」

彼の上衣をつかみ視線を絡ませる。

劉伶さまの瞳の奥には、離宮にいた頃の優しさと、皇帝としての威厳の両方が宿っている。

こんな人に寵愛されて、どれだけ幸せなのだろう。でも、彼は私だけのものには決してならない。

「どうした？」

「いいえ。劉伶さまにふさわしくなれるように努力します」

「もう十分だよ」

目を弓なりに細める彼は、柔和な声で囁いた。

「そういえば、茶会をしたとか」

どうやら子雲さんから報告があったようだ。

「はい。できれば後宮の妃嬪同士仲良くしていただきたいと思いまして。せっかく劉伶さまが血を流さないようにと奮闘されているのに、後宮で無用な争い事があっては残念ですから」

「そんな思いがあったのか。たしかに後宮は代々恐ろしい場所だと言われている。皇帝の子を産みたい妃嬪だけでなく、有力な妃嬪についてのし上がりたい宦官もいる。ある意味、地方の軍より質が悪い」

彼は腕を組み、難しい顔をする。

「麗華の志は素晴らしい。だが、決して無理はするな。どれだけ論を尽くしてもわかり合えない人間がいることも覚えておいて」

もしかしたら、香呂帝がそうだったのかもしれない。腹違いとはいえ、兄を死に追いやりたくなかったはずだ。

「わかりました。でも私、自分が作ったものを笑顔で食べてもらえるのがうれしいんですよ」

「そうか。麗華の作るものは本当にうまい。今晩の東坡肉(トンポーロー)も最高だった。玄峰が博文の分まで食べて喧嘩をしていたよ」

「えっ？　あははっ」

国を動かしている人たちが食べ物で喧嘩なんて。

けれど離宮での食事の風景を思い出して、ふと心が和んだ。

「そういえば、ゆり根酒がそろそろよい頃です」

私は自分の部屋の奥に隠してあった陳皮ゆり根酒と、竜眼肉を取り出した。

「懐かしいな。これを飲むと次第によく眠れるようになって。でも、麗華と一緒に眠りたくて、もう大丈夫だとは言わなかった」

まさか彼も効果を実感していて、私の手が必要ないとわかっていたなんて。しかも、私と同じように一緒に過ごしたいと思っていたとは。

驚いている間に、彼は陳皮ゆり根酒をグイッと喉に送る。

「毎晩子雲さんに蒼玉宮に届けていただきます」

「うん。毎日来たいけど無理そうだ」

　万が一、彼の出入りが知られてはまずい。今は後宮に波風を立てるべきではない。地方の軍を抑えるのが先だ。

「劉伶さま。劉伶さまはひとりじゃありません。皆が劉伶さまを守ります。もちろん私も」

　毒を盛られたという苦しみや、それに加えて兄を死に追いやったという悔恨もひとりで背負わなくていい。

　今まで何度も伝えてきたことを改めて口にする。

「ありがとう。麗華は俺が守る」

「はい」

　彼は私をもう一度抱きしめてから戻っていった。


　茶会の噂はどんどん広がり、ついに范淑妃の耳にも届いた。淑妃付きの宦官から、次の茶会はいつかという発問があったのだ。

「今度はなにを作ろうかしら」

　昼食のあと青鈴に相談すると彼女もしばし考えている。

「やっぱり菓子がいいわよね。菓子できれいになったり体形が維持できたりするなんて素晴らしいもの」

「でも食べすぎたら意味がないのよ」

前回の茶会でも、何度もそこは強調しておいた。

薬膳は特効薬ではないので、すぐに肌がきれいになるわけでも、体が絞れるわけでもない。ちょっと手助けをする程度だから。

しかし、劉伶さまの不眠に陳皮ゆり根酒が効いたと知ったので、薬膳料理の可能性をより強く感じている。

「わかってるんだけど、麗華の作るものはおいしくて、つい食べすぎちゃう」

「ありがと」

香徳妃からはあれからときどき依頼があり、青鈴と一緒に食事を作って届けている。その残りをふたりで分けることもしばしばなのだ。

「杏仁豆腐にしようか」

「私、好きなの！」

青鈴が喜んでいる。

「杏は、咳止めの効果が一番知られているけど肌も潤すの。あとは便通もよくなると言われてる。それと、枸杞の実も使おう。これは老化防止に一役買うわよ」

「楽しみになってきた。たくさん来てくれるといいね」

満面の笑みを見せる彼女は、とても楽しそうだった。


茶会はそれから五日後。

杏仁豆腐だけでは寂しいと、青鈴と相談して馬拉糕(マーラーカオ)も大量に用意した。というのも、范淑妃が出席するということで妃嬪の多くが興味を示して、参加人数が前回の倍以上になったからだ。

せっかく妃嬪が集まるのだからと、范淑妃が礼楽を行う尚儀(しょうぎ)の女官に声をかけ、楽器の演奏や舞まで行われるという盛大さ。

後宮をひとつにしたいと考えて始めた小さな一歩が、これほど急速に広がりを見せるとは。

まだまだひとつになるには遠い道のりだが、妃嬪たちがいがみ合い牽制し合うだけでなく、仲良くそして楽しく過ごせるようにしたい。

尚食の仲間に菓子を配ってもらう間に、説明を始める。

「本日の馬拉糕は甘さを控えめにしました。その代わり、肌を潤し、便通をよくする杏で作った餡を添えてあります。他には老化防止に役立つ栗を入れたものや、甘い香りが特徴で月経不順によいと言われる丁子(ちょうじ)を用いたものなどのご用意がありますので、お好きなものをお受け取りください」

そう言い終えたとき、中庭の入口がざわつきだした。

いったい何事かと思い視線を向けると、「陛下がお渡りになる」という宦官の声が耳に届く。

劉伶さまが、まさかここに？

「尚食の者、陛下の菓子も用意しなさい」

次にそんな指示が飛んだので、劉伶さまがやってくるのが間違いではないとわかった。

青鈴と顔を見合わせ菓子と烏龍茶を用意すると、大勢の宦官が姿を現したあと光龍帝がやってきた。

出席している淑妃をはじめ女官たちは、椅子から下りて叩頭してお迎えする。もちろん給仕をしていた私たち尚食も。

こうしたときに陛下のおもてなしをするのは、位の高い妃嬪、つまり今日は范淑妃ということになる。

先ほど宦官が用意していた椅子に劉伶さまが座ったと思われる音がすると、范淑妃の声が聞こえてきた。

「陛下が茶会にいらしてくださるとは。ありがとうございます」

「楽しそうな催しがあると聞いてな。余は後宮の皆には穏やかに過ごしてもらいたい」

「そのように」

範淑妃が恐縮している。

「皆、顔を上げなさい」

劉伶さまの発言に驚きの声があがる。私たちのような女官は、生涯陛下の顔を見ることが叶わないというのが当然のように語り継がれているからだ。

「どうした。そうでないと菓子は食えぬぞ」

ためらう妃嬪や女官に優しい声をかける劉伶さまは、素の彼に近いのかもしれない。

「それでは失礼いたします」

淑妃の声と共に、一斉に皆が顔を上げた。

一瞬静寂が訪れたのは、皆緊張しているからだろう。

範淑妃を含め、この中の数人が将来彼の子を孕むのかもしれないと考えると、少し胸が痛くなった。

宦官の毒見を終えると、宴が始まる。

尚儀の女官たちが高らかに楽器を演奏し、舞を舞い始めた。

その中、私たちが作った杏仁豆腐と馬拉糕がどんどんなくなっていく。

「まさか、陛下がお越しになられるとは」

青鈴が囁く。

「うん。驚いたわね」

妃嬪たちは尚義の舞より劉伶さまに目を奪われていた。

半刻ほどで舞が終わり、劉伶さまが退席することになった。

「いつも余を支えてくれて感謝している。余は紛擾を好まぬ。後宮で無用な争いをして血を流すようなことがなきよう」

最後に凛とした声で私たちに釘をさし、一瞬私に視線を合わせてから去っていく。

「陛下が私たちに『感謝している』とおっしゃったわ！」

「なんて素敵な方なのかしら」

うしろ姿が見えなくなると、すぐさま妃嬪や女官のおしゃべりが始まった。

これほど光龍帝に憧れている人たちがいる。

彼から寵愛を受けることの重大さを知り、身震いするほどだった。

「朱麗華」

そのとき、范淑妃から声がかかり、慌てて向かう。

「はい」

「とてもおいしい菓子でした。それに、妃嬪たちと交流できてよかったわ。陛下までお渡りになられて……。ぜひまた開いてください」

「ありがとうございます」

范淑妃の人となりをまったく知らなかったが、李貴妃に辱めを受けているので少し怖かった。けれども彼女は気性の穏やかな人のようで安心した。


それからは、ひたすら尚食としての仕事をこなした。

顔を伏せたままではあるけれど、皇帝としての劉伶さまの『美味であった』や『働きに感謝する』という声を聞くだけで満足していた。

地方に気を配らなくてはならない劉伶さまは、私の房に来ることが難しくなり、最後にふたりで会ってからもうふた月が経っている。

その間に数回茶会を催し、参加人数がすさまじい勢いで増えているのはうれしい限りだ。

しかも劉伶さまが政の忙しい合間を縫ってほんのわずかな時間でも来てくれる。それはおそらく、私が後宮の妃嬪たちの間を取り持ちたいと考えているとわかっているからだ。

自由に動けない劉伶さまの代わりに子雲さんが竜眼肉や陳皮ゆり根酒を取りに来るようになった。

「陛下は安眠なさっていますか？」

「安眠とまではいきません。ただ、起きられる回数は減っていると思います」

よかった。少しずつ効いてくればいいのだけれど。

地方の反乱軍の件も気になってはいるが、私にできることはない。おそらく博文さんや玄峰さんたちの力を借りて、よき方向に導いているはずだ。

そんな会話を交わしているところに青鈴が通りかかったので、子雲さんはすぐに去っていった。

「陛下に薬膳を？」

話が聞こえていたらしい。

「うん。前に言ってたでしょ。寝つきが悪いそうなのでゆり根酒をね」

あまり話すべきではないとは思ったが、子雲さんがなにかを持っていたことは見られてしまったので正直に告げる。

青鈴が皇位簒奪を狙うわけがないし、尚食の仕事を楽しんでいる。大丈夫だろう。

「そっか。麗華はすごいよね。陛下の体調まで管理してるんだもん」

「医者がいるんだし、私の薬膳は気休めよ」

幸い劉伶さまは喜んで食べてくれるが、必ず効くという保証はないのだし。

「それにしてもね。香徳妃も麗華のこと相当気に入ったみたいよ。范淑妃も毎回茶会を楽しみにしてるんだって。麗華、大活躍ね」

そう話す青鈴の表情が一瞬曇ったのは気のせいだろうか。

「青鈴も手伝ってくれるじゃない。一緒にお肌すべすべにしようよ」

「そうね。おやすみ」

最後にいつもの笑みを見せた彼女は立ち去った。

茶会を催すようになってからは、范淑妃をはじめ高い身分の妃嬪から体質の悩みを相談されることもあり、尚食の仕事以外の調理の時間が増えていて、てんてこまい。

しかし、皆が笑顔で食べ物を口に運ぶ様子は、私にとっても癒しだった。

辺境の地で暮らしていただけの私が、国の中心の昇龍城で食事を提供していることが今でも信じられない。それでも劉伶さまの理想の国作りに、少しでも役に立てればと祈るばかりだ。

李貴妃からの接触はあの日以来一度もない。

子雲さんを通して劉伶さまから、茶会の成功を快く思っていないはずだから気をつけてと言伝があったが、子雲さんが近くにいてくれるので、李貴妃の息がかかった人物が近づくということもなかった。

その日は香徳妃の要望で、肩こりに効く薬膳料理を用意することになった。

肩こりは、気が滞る気滞、もしくは血の巡りが悪い瘀血の状態であることが多い。

青鈴と相談して、どちらにも効き目がある茉莉花茶を淹れる。

料理は血や気を補う鶏肉を、これまた血を巡らせる青梗菜と一緒に汁物に。気滞の解消には柑橘類が効果的なので、陳皮も少し加えておいた。

他には香徳妃が好きだと言う炸醤麵も。炸醤と言われる肉味噌には瘀血を改善する椎茸をたっぷりと入れてある。

それ以外にも何品かこしらえて青鈴と持っていくと、香徳妃は満面の笑みで食してくれる。

「麗華さんの薬膳料理はおいしい上に体によくて、素晴らしいわ。私の食事を担当しない？」

提案された瞬間、隣の青鈴が少し身じろぎした。

もともと香徳妃に目をかけてもらっていたのは青鈴だ。それでは彼女の地位を奪うことになる。

「ありがたきお話ですが、香徳妃さまには青鈴がおります。彼女の料理がとても美味なことはご存じかと」

そう伝えるので精いっぱいだった。

香徳妃も青鈴に悪いと思ったのか、私を専属の料理人にすることはあきらめてくれたが、いつものお礼だけでなく金の歩揺まで授けてくれる。

青鈴ももらったことがあるのだろうか。

それをこの場では聞けず「ありがたく頂戴します」と受け取り、宮を出た。

「私に気なんて使わなくていいのに。麗華が香徳妃の料理番になれば……」

手に持つ歩揺をチラリと見つめた青鈴は顔をこわばらせてそう言うと、そそくさと自分の房に戻っていった。

彼女は後宮に入って最初にできた友人だ。しかも、私たちはいつも協力して調理してきたし、香徳妃との縁も彼女がつないでくれた。そんな青鈴との間にわだかまりを作りたくない。

けれど、今の私にはどうすることもできなかった。

香徳妃からいただいた歩揺は、身につけることなく大切にしまっておくことにした。尚食の女官である私には分不相応というもの。それに、せっかく仲良くなった青鈴と仲違いするなんて不本意だった。


翌朝からも尚食として劉伶さまの食事を心を込めて作った。

劉伶さまの体調が特に悪いわけでないときは、白露さんが献立を立ててその中の数品を担当している。

「青鈴、卵取って」

彼女の近くに卵があったので頼んだけれど、聞こえなかったのか反応がない。

「青鈴?」

もう一度声をかけると、彼女が卵を私の前に乱暴に置いたので割れてしまった。

「忙しいの。自分でやって」

「ごめん……」

すこぶる不機嫌な様子を見て、香徳妃にもらった歩揺を思い浮かべた。

やはりいただくべきではなかった。

でも、あそこで固辞したとしても、青鈴は気分がよくなかっただろう。

私は青鈴から仕事を奪いたいわけでも、賞賛が欲しいわけでもない。誰かが自分の作った料理をおいしいと食べてくれれば十分なのに。その結果、後宮の妃嬪たちが心を通わせ、劉伶さまが望む血の流れない平穏な日々が訪れれば最高だ。

忙しい時間に青鈴とじっくり話すことも叶わず、仕方なく自分で卵を用意して調理を続けた。

それから青鈴は、私がどれだけ話しかけても反応しなくなった。

尚食の他の仲間とはそれまで通りだったものの、青鈴とは特に仲がよかったので胸にぽっかりと穴が開いたようだ。

それでも、彼女の気持ちがわからなくはないので、なにも言えないでいた。

香徳妃に食事を作ってから十日。ようやく劉伶さまが房にやってきた。もちろん子雲さんと入れ替わってだ。

「麗華。会いたかった」

彼は私の顔を見るなり、緩やかに口角を上げて手を握る。

「茶会は見事だ。あれほどの妃嬪を集めるとは」

「劉伶さまがいらしてくださるからです。それに、女性の悩みを解消するための菓子にしていますのでそのおかげかと」

「男の俺もおいしかったよ。一番好きなのは杏仁豆腐だな」

皇帝陛下からこんな感想をもらえていることが奇跡なのに、茶会を一緒に盛り立ててきた青鈴の顔が頭をよぎって心から笑えない。

「ですが男性は、菓子より腹にたまる食事のほうがお好きでは？」

「まあ、それも好きだ。結局、麗華が作るものならなんでもうまいんだよ」

彼は私の手を握ったまま話し続ける。

「ありがとうございます」

「麗華。どうして俺を見ない。まさか、またなにかされたのか？」

焦った様子で私の肩を揺さぶる彼に慌てる。

「大丈夫です。子雲さんがついていてくださいますのでなにも」

「それなら、どうした？」

うつむき加減の私の顔を覗き込み尋ねてくる。

「友を失いそうで」

私がなにか仕掛けたわけでもなく、どうしたらよかったのかもわからない。そもそも香徳妃の食事なんて引き受けたのが間違いだったとも考えたが、最初に依頼してきたのは青鈴だ。

「それは……」

「あっ、でもきちんと話をすれば大丈夫です」

国政のことで頭を悩ませている彼にこんな弱音を吐くべきではないと、慌てて言った。

「麗華はすぐにそうやって強がるんだ」

「えっ？」

「平気じゃなくても平気な顔をする」

思わぬ指摘に瞠目する。

「そんなことは……。それに、それは劉伶さまですよ！」

陳皮ゆり根酒を毎晩飲んでいるとはいえ、朝までぐっすりとはなかなかいかないのに、先頭に立ち国を導いている。眠れないことなんておくびにも出さずに。

「俺は平気だ。俺には博文も玄峰も……そして麗華もいる」

「そう、でした。それなら私も平気です。劉伶さまがいてくださいますから」

「うれしいことを言う。でも、なかなかそばにいられなくて残念でたまらない」

たしかに最近は一日に三度、食事の前に声を聞けるだけ。しかし、彼が私を大切に思ってくれていることは伝わってくるので十分だ。

「私たちの作った料理を褒めてくださるだけで幸せです」

「なんと欲がない女だ。その友のこと、どうにもならなくなったら子雲を通じて耳に入れろ。友は大切だからな」

遠くを見つめてつぶやく彼は、きっと博文さんたちのことを考えている。

「博文さんと玄峰さんとはどのように知り合ったのですか？」

「博文は科挙で一緒だった。俺が一位で、あいつが二位。俺は皇帝の血を引いてはいたが、文官としてこの国の役に立てればいいと思っていたから、文官としての職務は本当に楽しかった」

劉伶さまはその頃を思い出しているのか、優しい笑みを浮かべている。

「玄峰は翌年に受けた武挙試験にいた。どの男より力が強く剣術も優れていた。熱すぎて我を忘れるようなところがあり冷静さを欠くと指摘されていたのだが、俺はそんなところが気に入って一緒にいるようになったんだ」

そこから長い時間を共有する間に、刎頸の友と言うまでになったのか。

「喧嘩はされなかったんですか？」

「したさ。離宮でもしてただろ？」

たしかに習慣のように小競り合いをしていた気もする。

「でも、あのふたりは俺を地獄から救ってくれた。俺のために地位も昇龍城も捨てた。だから俺も、絶対に裏切らない」

文官や武官として活躍していたのだから昇龍城に残ってもよかったのに、彼と運命を共にしたのか。

「素敵な人たちですね」

「あぁ」

「子雲さんは？」

ふたりのことはわかったけれど、彼らと同じく信頼しているように見える子雲さんはいつ知り合ったのだろう。

「子雲は……。過酷な運命を背負った男なんだ。俺はあいつを死なせたくない」

「死なせたくない？」

出会いについて尋ねたのにそれについては触れず、妙なことを言いだした。

「いや。子雲も大切な仲間だ。後宮ではあいつしか頼れない。なんでも言うんだぞ」

「はい。それに、皆さんのことを聞いていたら大丈夫だと確信しました。喧嘩をしたとしても大切な友であることは変わらないですよね」

互いに命を預けてもいいと思うほど強い絆で結ばれている三人がうらやましい。青鈴といつかそうなれるように努力しなければ。

「麗華の強さには参る。お前が皇后となり後宮を導いてくれたら最高だ。もう少し待ってくれ。地方の状況がつかめたから、博文を向かわせたんだ。最後の話し合いにね」

彼ならうまく反乱軍を誘導してくれるに違いない。

「離宮が懐かしいな」

次にしみじみとした様子でそう漏らすのでハッとする。

きっと劉伶さまは、皇帝の座より平穏な日常が欲しかったのだろう。けれど、彼が皇帝にならなければ、あの村は疲弊して大変な事態になっていたはずだ。

「そうですね。でも、私たちはここに生きています。ここで劉伶さまが作る未来を見ていたいです」

私を後宮に招いたことを後悔している気がしたのでそう言った。

「あはは。参ったな。麗華には励まされてばかりだ。こんなに弱い皇帝、情けない」

「違いますよ。劉伶さまは優しいんです」

小さく首を横に振ると、抱き寄せられる。

「そんなことを言うと、ますます愛おしくなる」

やはり彼のそばにいたい。それなら踏ん張るしかない。

それから彼は陳皮ゆり根酒を実においしそうに飲み、名残惜しそうに戻っていった。

疑惑の陳皮ゆり根酒

青鈴の冷たい態度は相変わらず続いた。

でも、喧嘩はしても強い絆で結ばれている劉伶さまたちに習い、私から話しかけることだけは続けていた。

「青鈴。今日の海鮮炒め、すごくおいしかったよ。やっぱり最後のごま油がいい仕事してる」

私たちは劉伶さまたちに出したあと、残りの料理をいただくこともある。青鈴が作った海鮮炒めを食べたので素直にそう伝えた。

「そう」

けれども目を合わせることもなく素っ気ない返事。

それが悲しくもあったが、私は青鈴が好き。その気持ちだけは伝え続けようと思っていた。

それから十日。

『次の茶会はいつ？』という妃嬪からの質問がたくさん届いたので、なにを作ろうか考え始めていた。

「青鈴はなにがいいと思う？」

昼食が済んだあと彼女にも尋ねる。

相変わらず言葉の少ない彼女だが、一瞬視線を合わせてくれた。それだけでも大きな進歩だ。

「麗華って、鈍いの？　それとも馬鹿なの？」

「えっ……」

喜んでいたのも束の間。辛辣な言葉を投げられて、指の先が冷えていく。

「そんなんじゃ、後宮で生きていけないんだから。もっとしっかりしなさいよ！」

「青鈴……」

冷たい発言をしているのに、まるでそれを口にするのをためらっているかのように彼女の声が震えている。

「うん。そうだね。しっかりしないと」

そう返すと、彼女は唇を噛みしめて厨房を出ていってしまった。

「馬鹿かもね……」

彼女の言う通り、後宮で生きていくならもっとしっかり、そして強くならなければ、李貴妃のような妃嬪と対峙できない。

料理が好きというだけで生き残れるほど甘くないのは承知している。でも、劉伶さまが望むように、余計な争い事は避けたい。

「麗華さま、大丈夫ですか？」

私たちの様子を見ていた子雲さんが心配している。

「大丈夫ですよ。そうだ、子雲さんなら茶会でなにが食べたいですか？」

気分を上げるために笑顔を作って尋ねた。

「私は甘いものはちょっと……」

「そうでした。夕食に酢豚を作りますから、残しておきますね」

「私のことはお構いなく」

彼も玄峰さんと同じく肉料理をもりもり食べるのだ。

へこたれていないで、次を考えよう。劉伶さまが作る理想の彗明国をずっと近くで見ていたいから。

そんなことを思いながら、房へと戻った。

四日後の茶会の品目は、中華まんに決定した。

中華まんは、劉伶さまの食事にも何度か出している。ただ、中身は肉や野菜ばかり。それを甘い餡に変えれば、菓子として喜ばれそうだ。

何種類か餡を作り、好きなものを食べてもらうことにした。

餡は、むくみを解消する小豆、便通改善や美肌効果を狙った黒ごま、血を養うという甘酸っぱい棗、疲労や下痢に効く蓮の実を用意した。

その中には体を温めて肌の老化防止になる胡桃や、髪に潤いを与える松の実を入れることも忘れずに。

それを小さめに作って、いくつか選べるように工夫もした。

調理には尚食の女官が力を貸してくれたものの青鈴の姿はなく、雪解けはなかなかやってこない。

会場となる後宮の中庭には、前回よりさらに多い妃嬪や女官が集まっていた。

「本日は中華まんをご用意しました。中の餡がそれぞれ違いまして、薬膳としての効能は——」

説明を始めると、劉伶さまがやってくるときと同じように入口がざわつきだし、なんと李貴妃が姿を現した。

姿を見るのはぶたれて以来だけれど、相変わらず美しい。背筋を伸ばし歩揺を揺らしながらゆったりと歩くさまも貫禄があり、さすが後宮の頂点に君臨する方だと感じる。

「私も交ぜていただけます？」

「もちろんでございます」

　まさかの申し出に目を丸くしながら、李貴妃の席を、范淑妃の対面に慌てて用意した。

　最近は尚儀の舞がよく見えるように、中央を開けて席を設けてあるのだ。

　そして……あとを追うように劉伶さまも姿を現したので、女官たちのどよめきが収まらない。

「以前より盛大だな」

「陛下……。なにをしている。皆、顔を伏せなさい」

　李貴妃が慌てて指示を出すものの、上座中央の席に腰を下ろした劉伶さまは首を横に振る。

「余が許可した。宴は楽しむためのものだ。これを機に、妃嬪同士仲良くしてもらいたい」

「承知しました」

　李貴妃は劉伶さまの前ではすこぶる腰が低い。私に茶を投げつけた人とは思えなかった。

「朱麗華。余にも頼めるか」

「はい。ただいま」

尚食の仲間から中華まんとお茶を受け取り、劉伶さまの前の卓にも並べたあと説明を続けた。

宦官の毒見が終わり、劉伶さまが中華まんを口に運ぼうとしたそのとき。

「陛下、お待ちください」

李貴妃が口を挟む。

「どうした？」

「尚食、朱麗華にはよくない噂がございます」

突然なにを言いだすのだろう。

驚きのあまり、李貴妃をまじまじと見つめてしまう。

「よくないとは？」

「はい。宦官、黄子雲と結託し、皇位簒奪を目論んでいるとか」

とんでもない発言に思わず立ち上がった。

皇位簒奪を企てるはずがない。私にはなんの利益もないのに。

「それは真実か？」

先ほどまで柔らかかった劉伶さまの視線が瞬時に尖る。

「はい。朱麗華は地方の出です。地方の軍にそそのかされ、陛下を殺めて昇龍城を乗っ取るという役割を果たすために後宮入りしたという話です」

瞬時に肌が粟立つ。

なんとも馬鹿馬鹿しい。貧しい村に軍などないし、その日を生きるのに精いっぱいで、国政を乗っ取るなんて考えたこともない。しかも、私は劉伶さまに招かれてここに来たというのに。

「李貴妃。そのような発言、間違っていたならばお前の責任を問われることを承知の上か？」

劉伶さまは表情ひとつ変えることなく淡々と話を続ける。

ひとつの救いは、あの村のことを、そして私が後宮入りしたいきさつを劉伶さまがよくご存じだということだ。

ふたりがやり取りしている間に、私や子雲さんの周りには宦官が数人近づいてきた。

「もちろんでございます。この者、陛下に陳皮酒を振る舞っているとか。その酒に毒を仕込んだという情報を耳にいたしました」

「そんなことはいたしません！」

我慢できなくなり口を挟むと、とうとう宦官に腕をつかまれた。

「どこからの情報だ」

「はい。朱麗華と同じ尚食の徐青鈴でございます。陛下に振る舞う酒について常々話していたということです」

李貴妃の口から青鈴の名が飛び出し、冷静ではいられない。

「朱麗華。前に出よ」

怒気を含んだような声で劉伶さまに促された私は、宦官に無理矢理引きずり出され、中央で跪いた。

子雲さんも捕まっているのが見える。

「李貴妃の言っていることは本当か？」

「違います。毒なんて……断じてそのようなことはしておりません」

毒を盛られて苦しんだことを知っているのに、ありえない。

きっとそれを彼もわかってくれていると信じて訴える。

「今すぐ酒を調べろ。それと徐青鈴をここに」

劉伶さまの指示が飛び、房にいただろう青鈴が私の隣に連れてこられた。

「徐青鈴。朱麗華が余の酒に毒を盛ったというのは事実か？」

「……はい。麗華がゆり根酒に……と、毒を混入し、陛下を殺めるつもりだと……言っておりました。あまりに驚き、李貴妃に相談いたしました。……また宦官黄子雲と必要以上に一緒に……いますので、その仲も疑われます」

焦点が定まらない彼女は、何度も詰まりながら言葉を吐き出す。

やめて。子雲さんを巻き込まないで。

「子雲さんは関係ありません！」

「黙れ」

叫んだ瞬間、宦官たちにとがめられて強く押さえつけられてしまった。

それでもやめられない。

「毒など決して盛っておりません。陛下を殺めるなんてありえません」

「黙れと言っている。陛下に失礼だ！」

反論したからかいっそう強く押さえられ、顔を地面に擦ってしまった。

どうしてそんな嘘をつくの？　私が香徳妃の賞賛を得たから？

悲しみがこみ上げてきて、視界がにじんでくる。

「徐青鈴。そなたの発言が正しければ、朱麗華は厳罰を避けられない。嘘偽りはないか？」

劉伶さまは青鈴に正す。

私は『厳罰』という言葉に息が止まりそうになった。皇帝を殺めようとしたのなら、間違いなく死罪だ。

青鈴はその質問にすぐに答えない。代わりに李貴妃の声が聞こえてきた。

「青鈴。いいのですよ、本当のことをおっしゃい」

「れ、麗華がゆり根酒に、ど、毒を盛ったことに……偽りは……ご、ございません」

青鈴の震える声に絶望した。

そうしているうちに、宦官が息を切らして走り込んでくる。

「陛下！　朱麗華の房から見つけた酒を鳥に飲ませたところ、すぐさま死にました」

鳥が死んだという宦官の報告に目を瞠る。

昨晩も子雲さんに劉伶さまに届けてもらったが異変はなかった。当然子雲さんが毒見をしているし、劉伶さまも元気だ。

今朝、房を出てから今まで茶会のためにずっと厨房にいたけれど、その間に誰かが毒を仕込んだとしか考えられない。

「朱麗華。顔を上げよ」

劉伶さまに命じられ、ゆっくり体を起こすと視線が絡まる。

信じて。私はなにもしてない。

そう願いながら見つめ続けていると、彼は腰に差した大きな剣を抜いた。

殺される？

こんな終わり方は絶対に嫌だ。

劉伶さまは一歩二歩と近づいてくる。恐怖のあまり呼吸が浅くなり、声も出せなくなった。

やがて目の前まで来た彼は、眉を吊り上げた険しい表情で私の喉元に剣先を突きつける。

「女官の身分で余を殺めようとするとは」

「しておりません」

信じて。お願い。

劉伶さまを見つめ、必死に訴える。

「ならば、申し開きをしてみよ」

「……料理は、人を殺めるためのものではございません。私は、誰かを笑顔にするために料理を作っています。毒を盛るなんてもってのほか」

とうとう我慢していた涙が一筋頬にこぼれた。

料理に毒を盛るということは、自分の人生を否定することになる。

「朱麗華は、今まで余の健康のために尽くしてくれた。だが、こうして毒入りの酒があることは紛れもない事実。ただでは済まぬ」

彼は凍えるような冷たい声でそう告げ、剣脊(けんせき)で私の顎を持ち上げる。

切られるのだろうか。

食で皆を元気にしたい、後宮をひとつにまとめたいなんて、やはり私には分不相応な考えだったのだ。尚食として与えられた仕事だけ黙々とこなしていればよかったのに。

いや、私がしたことは間違っていない。現にこうしてこんなに多くの妃嬪が茶会に参加し、会話を交わすようになっているのだから。

そんな相反する感情が瞬時に頭の中を駆け巡る。

それに……後宮に来たことに後悔はない。劉伶さまにたくさんの愛ある言葉をもらえたから。

最後にそれを確認して、静かに目を閉じた。

私の命にとどめを刺すのが、彼でよかった。刎頸の友である彼で。

顎から剣が離れた瞬間、体をこわばらせて強く目を閉じ覚悟した。けれども、いつになっても息ができる。

「朱麗華。お前の言うことには一理ある。己の潔白を証明してみせよ。できなければ死罪を言い渡す」

そして次に放たれた言葉に安堵して、腰が抜けそうになった。

まだ生かしてもらえるようだ。

「しかし、危険な人物を後宮に置いておくわけにはいかぬ。房を取り上げ牢に連れていけ。黄子雲もだ」

剣を収めた劉伶さまの指示で宦官に乱暴に立たせられる。

そのとき、かすかに微笑む李貴妃と、真っ青な顔をした青鈴の姿が視界に入り、唇を噛みしめた。

　私はそのまま後宮から出され、昇龍城の端にある牢に入れられた。子雲さんも同様だ。

「どうやって……」

　劉伶さまは潔白を証明しろと命じたけれど、牢の中ではなにもできない。

　香呂帝の頃は、牢に入った罪人はひどい拷問を受け、やってもいない罪を認めて死んでいく者もいたと噂で聞いた。私も子雲さんもそうなるのだろうか。

　宦官が去ったあと、壁を隔てた隣の牢にいる子雲さんに話しかける。

「子雲さん、こんなことになってごめんなさい。いえ、謝って済むことじゃないですよね」

　彼ひとりだけでも助けたい。

「麗華さま。それを言うなら私です。不穏な動きがあることに気づくべきでした」

　彼は懸命に私や劉伶さまを支えてくれた。あれ以上を望むなんて無理だ。

「今は不安でいっぱいでしょうが、どうか陛下を信じてください。麗華さまに剣を向けられたのは、あの場を収めるため。必ずや策を練ってくださいます」

　それを聞いて救われた。

殺されるなら劉伶さまにと思った。しかし、この世で一番大切な人に剣を向けられたという衝撃は、どうしたって拭えない。

「そう、ですね」

「李貴妃と徐青鈴の陰謀でしょう。麗華さまが厨房にいらっしゃる間に、誰かが毒を仕込んだんです。李貴妃は陛下の寵愛を受けそうな麗華さまを排除したく、青鈴は香徳妃に気に入られた麗華さまが邪魔だったのでは？」

李貴妃に茶をかけられたことは彼も承知している。それに、青鈴の複雑な感情も気になっていたのだろう。四六時中、私の近くにいたのだから当然か。

「だけどまさか青鈴が……」

李貴妃はともかく、青鈴があんなことを言いだすとは思ってもいなかった。

「後宮はそういう場所です。残念ですが」

博文さんからも、後宮では劉伶さまと子雲さんしか信じてはいけないと忠告された。けれども、青鈴は最初からずっと親切にしてくれたし、いつも一緒だった。香徳妃のことがあって心の距離が離れたように感じても、彼女との絆を疑うことはなかった。

しかし、甘かったようだ。

彼女にゆり根酒について話した覚えがあるけれど、まさかこんな事態を招くとは思いもよらなかった。

　でも、なにか引っかかる。

　ぼんやりと頭の片隅に浮かんだ違和感がなんなのかわからないまま、牢の高いところにある小さな窓から空を見上げた。


「朱麗華、立て」

　空が茜色に染まった頃、武官がやってきて私を促す。

　どこかに連れていかれるのだろうか。

　拷問にかけられるのかもしれないと考えて顔をこわばらせていると、玄峰さんが姿を現した。

「朱麗華、黄子雲。陛下の命で、これから取り調べを行う」

　玄峰さんが？

　離宮で見せていた笑顔の欠片（かけら）もない威圧感のある形相は、彼の本当の姿を知らなければ震え上がっていただろう。

　私たちは牢から出されて、応龍殿の隣にある白澤殿（はくたくでん）に連れていかれた。

　うしろ手に縛られていた私と子雲さんは、床に座るように命じられてその通りにした。

「お前たちは下がれ。取り調べは俺が行う」

武官たちを払った玄峰さんは、彼らがいなくなるとすぐに縄を解き始めた。

「麗華さん、大丈夫か？」

「えっ……」

取り調べではないの？

次に子雲さんの縄も解き、私たちに椅子を勧める。

「怪我は？」

「大丈夫です」

「劉伶さまから、言伝がある」

玄峰さんにそう告げられて、子雲さんと顔を見合わせた。

「濡れ衣であることはわかっている。必ず疑いを晴らす。ただ、今は地方に目を配らなくてはならず、数日耐えてほしいと」

「劉伶さまが、そう？」

「あぁ。しかも、後宮から出したのは、牢のほうが安全だと瞬時に機転を利かせたからだと思う」

信じてもらえているのがわかり、随喜の涙が止まらなくなる。先ほど死を覚悟したときより激しくむせび泣いた。

「今は反乱軍を集めている地方だけでなく、別の地域からも目が離せない。皇帝が変わり、陳情がいくつも届く。それらの対処を誤ると、第二の反乱軍が生まれないとも限らない」

きっと、香呂帝の時代に苦しんだ辺境の地の人々は、光龍帝に望みをかけている。決して失望させてはならないのだ。

「博文が不在の文官たち官吏は、少々心もとない。そのため陛下が博文の代わりを務めていらっしゃる。博文がもうすぐ戻ってくるはずだ。そうすれば劉伶さまにも余裕ができる」

もともと科挙を最高位で通過し文官として活躍していた人なのだから、そうしたこともできるのだ。

「そんな状態なのに、茶会に来てくださったんですね」

「あぁ。麗華さんが後宮の妃嬪のいがみ合いをなくそうと奮闘しているのを承知していらっしゃるからね。少しでも役に立ちたいと」

やはり劉伶さまは素晴らしい皇帝だ。思慮深いだけでなく行動力もあり、そして思いやりがある。

「昼間は取り調べということでここにいればいい。俺以外の者は近づけないようにする。ただ、李貴妃や周りの宦官がどう動くかわからない今、劉伶さまの命を守ることに万全を期す必要がある。それには武官の護衛が必要だが、我々は後宮には入れない」

たしかに不穏な空気が漂う今、劉伶さまの暗殺という事態が起こらないとは言いきれない。

「そのため劉伶さまには日が落ちたあとも応龍殿にとどまっていただき、禁軍幹部と共に警備をする。だから俺はここにずっとはいられない。夜間ふたりは、牢で耐えてほしい」

玄峰さんが強面の顔をゆがめ深く頭を下げる。

「やめてください。私は劉伶さまが信じてくださっただけで幸せです。それに、私が薬膳料理を振る舞ったり、茶会で妃嬪同士の絆を深めたりしようなどと、尚食の仕事の範疇を超えた行為をしたからかもしれません。玄峰さんが謝るようなことはなにひとつありません」

「麗華さま、申し訳ありません。私がもっと――」

次に子雲さんが悲痛な表情で話し始めたので、彼の腕を握って止める。

「子雲さんには本当に感謝しています。今はどうすべきか知恵を絞りましょう」

せっかく劉伶さまがこうして私たちを守ってくれたのだから、彼に頼るばかりでなく自分たちでも考えなくては。

玄峰さんはうなずいて口を開いた。

「麗華さん、李貴妃との接触は初めてだったのか？」

「いえ。以前、薬膳料理をと依頼されて紅玉宮に参りました。でもそのとき……」

子雲さんの顔をチラリと見てから続ける。

隠しておく場合ではない。

「尚食の分際で陛下に近づくなんて姑息だと、お茶を投げつけられて頬をぶたれました。それからは一度も接触しておりません。茶会に来られたのも今日が初めてです」

「そんなことが……」

玄峰さんは目を丸くして驚いている。

「徐青鈴は仲がよかったはずだな。彼女はどうして李貴妃側についたんだろう」

玄峰さんのふたつ目の質問に、今度は子雲さんが答えた。

「妬み、か。青鈴は捨て駒だろう。いざとなったら罪を被せられて殺される」

「そんな」

青鈴が死ぬなんて耐えられない。

「麗華さん、あなたは青鈴に裏切られたんだ。彼女を心配するのはおかしい」

玄峰さんの強い言葉に首を横に振る。

「でも、青鈴はたしかに友だったんです。香徳妃の寵愛が私に移ってつらい思いをしたのは理解できます。彼女も頑張っていたから」

とことん恨めたらどれだけ楽か。

もしかしたら青鈴のせいで自分の命がなかったかもしれないのは承知している。けれど、彼女を完全に憎めない。

「まったく。人がいいにもほどがある。離宮でも俺たちのことをすんなりと受け入れ、尽力してくれた。だから今度は俺たちが麗華さんを守る」

これが刎頸の友ということなのだろうか。

「心強いです。ありがとうございます」

「青鈴は酒の存在を知っていたんだね」

次にそう問われてうなずいた。

「子雲さんに運んでもらっているところを見られて、劉伶さまの寝つきが悪いからゆり根酒を用意していると話しました」

あの酒が私の部屋にあると知っているのは、劉伶さまと子雲さんと彼女だけ。

ということは、やはり青鈴が李貴妃に漏らしたのだろう。

「毒を仕込んだのが青鈴だとは限らないが……今回の件は、青鈴なくしては起こらなかったわけだ」

「そう、ですね。でも、なにかずっと引っかかっていて……。それがなんなのかわからないのですが」

このモヤモヤはなんだろう。

「とにかく、麗華さんではない誰かが酒に近づいたという証拠が必要だ。子雲も不審な者を見ていないんだな」

「申し訳ありません。私も厨房の外に控えておりましたので、房のほうはわかりません」

厨房に置いておけないから自分の房に隠しておいたのだが、それがあだとなった。

「李貴妃の近くにいつもいる宦官は、間違いなく貴妃を操り権力を手に入れようとしている。前皇帝の血筋で生き残っているのは、劉伶さまと……」

そこで玄峰さんはなぜか子雲さんに視線を送ってから続ける。

「すでに嫁がれた公主さまが数人。男子に至っては、あとひとり昇龍城を追放された男がいるが寺に入ったはずだ。到底戻ってくることはできない。他はすべて亡くなっている」

「亡くなって？」

「ああ。香呂帝の頭の切れる弟は香呂帝が皇位につくときに無残な死に方をしたし、もうひとりの弟は香呂帝と共に自刎した。劉伶さまの兄上も、実は亡くなっている」

劉伶さまが兄弟を亡くしているとは知らなかった。

〝無残な〟とは、暗殺や自刎といった寿命をまっとうしない死に方を指しているはず。それくらい昇龍城は権力争いが過酷な場所なのだ。

「つまり、劉伶さまに男児が誕生しない限り、皇帝の座を継ぐ人間が決まっていないということだ。妃嬪が次期皇帝を孕みたいと躍起になる状況ができあがっているし、その妃嬪を操って意のままに国を動かそうとする宦官がいてもおかしくはない」

香呂帝のときも、裏で権力を握っているのは宦官だと聞いた。

「それには、劉伶さまの寵愛を受けそうな麗華さんが邪魔だということだ」

どうしたらいいのだろう。

私以外の人間があの酒に近づいた証明なんて、目撃者でもいない限り難しい。それに、牢にいる限り目撃者を捜すこともできない。頼みの綱の子雲さんまで捕らえられているのだから策がない。

「劉伶さまは茶会の様子から、妃嬪たちが麗華さまを信頼し、心を開きつつあるように見えると口にされていた。それは麗華さんの努力の賜物であっぱれだと」

私はただ、劉伶さまと同じように、後宮で血が流れてほしくないだけ。毒を盛られるという壮絶な経験をした彼の意志を貫く手伝いがしたい。

「皇后への昇格を後宮の他の妃嬪が認めているかいないかで、その後の生活が大きく変わる。反発が強ければその地位から引きずり下ろそうとする輩が必ず現れる。だから、麗華さんの力に頼るのも申し訳ないが、もう少し和が広がるのを待とうと話しておられた。麻の中の蓬だと」

麻の中の蓬？

首を傾げると、子雲さんが口を挟む。

「善人と交われば、自然に感化されて善人になるという教えです。麗華さまのお優しい気持ちが後宮の妃嬪たちに伝わると信じていらっしゃったのだと」

劉伶さまがそんなふうに考えていたとは。

「でも、こんなことが起こるくらいなら、すぐにでも皇后にしておくべきだったと悔やんでおられる」

玄峰さんが痛惜の念のこもった声を吐き出す。

たしかに、できるならひとりでも多くの妃嬪に認めてもらって劉伶さまの妻となりたい。そうでなければまた嫉妬や恨みの念が渦巻く。

劉伶さまは国政という大きな責任を背負う中で、後宮についても深く考え、茶会にも足を運び手を尽くしてくれた。

罪人に仕立てられるという状況に陥ってはいるが、乗り越えなければ。

「本当は、皇后の地位なんていりません。でも李貴妃のように他人を傷つけてでも次の皇帝の母となりたいと考えている人がその地位につくくらいなら私がと思いました。劉伶さまには人の温情を感じながら生きていただきたいから」

「その通りだ。離宮に向かうとき、劉伶さまの目は死んでいた。でも、息を吹き返したのは麗華さんのおかげだ」

「麗華さま、どうか陛下をお支えください」

　玄峰さんに続き、子雲さんが悲痛の面持ちでそう声を震わせたあと、椅子から下りて床に膝をつき、頭を擦るくらいに下げるので慌てる。

　子雲さんのことはよく知らないけれど、玄峰さんのように劉伶さまを慕っていることは伝わってくる。

「とんでもない。皆さんも劉伶さまの大切な友です。なんとかこの事態を切り抜けなければ」

　どうしたらいいのかわからない。しかし、自分の気持ちを鼓舞するためにもそう言った。


　その晩は牢で過ごした。

　まともな衾もなく、片隅で膝を抱えて小窓からただ月を眺めるだけ。けれどその月は、離宮いた頃と変わらず皓々と輝いている。

　まだできることはある。私は死なない。

「麗華」

　窓越しにかすかに声がする。ここからは姿を確認することはできないが、この声は……。

「劉伶さま？」

「そうだ。表は武官が立っていて入れないんだ。ごめん。一刻も早くここから出すから」

「大丈夫です。まずは国をお治めください。村の人たちが幸せでなかったら悲しいですから」

反対勢力に乗っ取られたら、香呂帝のときのような不遇が待っている可能性がある。どうしても劉伶さまに皇帝でいてもらいたい。

「本当にお前は……。剣を向けたりして怖かっただろう？」

「怖くなかったと言えば嘘になります。でも大丈夫です」

あの瞬間は死を覚悟した。しかし、あれは彼の個人的な意思ではなく、皇帝としてそうするしかなかったはずだ。

「本当にすまない」

「謝らないでください。劉伶さま。月、見えますよね」

「あぁ」

私はもう一度月を見上げて口を開く。

「今は壁を隔てた場所にしかいられません。でも、同じものを見ることはできます」

「そうか……そうだな。麗華とは同じ未来を見ていたい。必ずお前と幸福をつかむ。子雲も聞こえているな」

「はい」

次に彼は隣の牢に入れられている子雲さんにも声をかける。

「しばしの間、麗華を頼む」

「御意。この命に代えてでも」

「いや、お前も死なせない」

そういえば以前にも子雲さんを『死なせたくない』と言っていた。

「ありがたきお言葉……」

子雲さんの表情は見えないが、声がわずかに震えていた。

翌朝、朝日が昇ると共に玄峰さんがやってきて、私と子雲さんを白澤殿に連れていく。

その間は筋骨隆々の武官数人に囲まれて、完全に罪人扱い。しかし、白澤殿に入るやいなや人払いされ、縄を解かれた。

「玄峰さん、劉伶さまは眠られましたか？」

「いや……」

責任感の強い彼のことだから、一睡もせず私たちのことを考えていたような気がして尋ねると、玄峰さんは首を振る。

「お願いです。眠ってもらってください。私たちを陥れようとしている人たちは強敵です。いざというときに、劉伶さまの知恵と力が必要です」

「わかってる。でも……」

目を閉じても眠れないのだろう。

「ゆり根酒はもうないし……。あっ……」

そう口にしたとき、とあることに気がつき目を瞠る。

ずっと引っかかっていたのは、これだったんだ。

「麗華さま、どうかされましたか？」

子雲さんに尋ねられたが、しばらくなにも答えずに考えを巡らせていた。

「……毒の入ったお酒の存在は、青鈴が李貴妃に知らせたんですよね」

「青鈴が李貴妃の耳に入れたと言ってたな」

玄峰さんがうなずく。

「そう、ですよね。他にあのお酒の存在を知っているのは、劉伶さまと子雲さんだけですから」

他の人には決して見られてはいない。

「茶会のときに私の房を探されるまでは、毒が入っているという情報だけで実物は誰も見ていないんですよね」

これは重要なことだ。

「そうだ。あのあと李貴妃に詳しい話を聞いた官吏によると、李貴妃は青鈴に毒酒の話を耳打ちされて麗華さんの房を探す許可をもらうつもりだったと。だからそれまでは情報だけだ。でもそれがどうかしたのか？」

玄峰さんが身を乗り出すようにして問いかけてくる。

私はとある重大な事実に気づいた。

「毒を入れたのが私以外の人間だという証明ができるかもしれません。でも……茶会での細かな発言を思い出せなくて」

あのとき青鈴はなんと言ったのだろう。

とても大切なことなのに、はっきりとはわからない。

「なにを知りたい？　子雲もいたぞ」

「はい。青鈴が劉伶さまの尋問を受けたとき、あの酒のことをなんと言ったでしょう」

「酒のこと？」

玄峰さんと子雲さんが顔を見合わせている。

「陳皮酒ではありませんか？」

　子雲さんに逆に問われ、もう一度深く考え直す。

　そうだっただろうか。

　李貴妃はたしかに『陳皮酒』と言ったような気もするけれど、青鈴もそう？　いや、たしかあのとき青鈴は……。

「それがどうかしたのか？」

　玄峰さんが視線を鋭くする。

「あの……。もし私の冤罪が晴れたら、あの酒に毒を入れた者の罪は……」

「もちろん死罪だ。皇帝に毒を盛ってただでは済むまい」

　わかっていたことだが、確認した。

「ですが、あれは私を陥れるための行為で、実際に劉伶さまに飲ませるわけではなかったとしたら？」

「麗華さん、なにを言っている。犯人を捕まえなければあなたの命がないんだ。そいつがどんなことを考えていたかなんて関係ない」

　玄峰さんが声を荒らげるがその通りだ。なにがあっても犯人をあぶり出さなければならない。

「しかも、劉伶さまに飲ませるつもりはなくても、口に入る可能性はあったんだ。後宮でそのような行為があったこと自体が問題だ」

たしかに、毒が入っていると知らずに私が飲ませていたかもしれない。そうしたら毒見していた子雲さんは確実に死んでいた。だから許すべきことではない。

「青鈴と話ができないでしょうか？」

「徐青鈴と？」

玄峰さんが確認するように聞き返す。

「はい」

「まさか青鈴が毒を入れた証拠が思い当たるのですか？」

次に子雲さんが質問してきた。

「いえ……。そういうわけでは」

言葉は濁したが、茶会で彼女がなんと発言したかがとても重要だ。

ただ、もしそれで青鈴の疑いが晴れても晴れなくても、李貴妃の仕業だと証明されれば青鈴も無傷では済まない。彼女も悪事に加担したのだから。

それだけが引っかかり、ふたりに胸の内をすべて吐き出すことができずにいた。

青鈴は親友なのだ。

「わかった。手配しよう。ただし、今あなたをひとりにするわけにはいかない。俺が同席するぞ。名目上、罪を犯した麗華さんと女官をふたりきりにできないとするが、命を狙われるのは麗華さんのほうだ」

「そんな……」

青鈴に殺められるとでも？

「そうしてください。徐青鈴はもはや嘘を撤回できないはず。李貴妃を裏切って嘘をついたことを告白すれば、自分の命が危ういことに彼女も気づいているでしょう。今や李貴妃の言いなりで、なりふり構ってはいられないのです。ふたりだけで会うのは危険すぎます」

子雲さんも強く訴えてくるので、私は玄峰さんの提案に従うことにした。

その後、子雲さんだけ牢に戻されて青鈴が連れてこられた。

どこからなにが広がるとも知れないということで、私には再び縄がかけられ、厳しい取り調べを受けているという演出はしなければならなかった。

「青鈴」

玄峰さんに指示されて椅子に座った青鈴は、目の前で床に跪く私と決して視線を合わせようとしない。

目の下がくぼみ、唇が渇いている彼女のほうが罪人のようだ。しかも名前を呼んでも反応しない。

「眠れているの？　血虚じゃない？　ううん、気虚？　体を温めるものを食べて」

あまりの変貌ぶりに声が大きくなる。

「私の心配をするなんて馬鹿じゃないの？　私、麗華を裏切ったのよ？」

青鈴は目に涙を浮かべている。

「うん……」

玄峰さんは近くに座ってはいるが、会話に入るつもりはなさそうだ。

「私のことを刎頸の友と言ってくれた人がいるの。その人は私に命を預けてくれた。だから私もその人に命を預けてる。青鈴とはいつかそういう関係になれるんじゃないかと期待してた。勝手にごめんね」

「私、と？」

彼女は目を大きく開く。

「私ね、食で誰かを幸せにしたいとずっと思ってるの。後宮に来て不安だらけだったけど、青鈴が親切にしてくれたから、薬膳の知識も生かすことができたんだよ。ひとりじゃできなかった」

「私はなにも……」

ついに彼女の瞳から涙がこぼれた。

私は彼女の目をじっと見つめて、再び口を開く。

「香徳妃のこと、ごめんね。私の房にある歩揺は、青鈴のものだよ。ずっと香徳妃を支えてきたのは青鈴だもの。私にはたまたま薬膳の知識があっただけ。料理の腕は青鈴のほうが上でしょ」

茶会で振る舞う菓子も、彼女の力をかなり借りた。本当に手際よく、あっという間に何種類も作ってくれた。

「なに、よ……」

青鈴の声が小さくなっていく。

「青鈴。李貴妃にはなんと伝えたの？」

「なんとって……」

「私が毒を盛ったと？」

思いきって切り込むと、彼女は視線を泳がせる。

「私を陥れれば、李貴妃専属の女官にしてくれると言われたんじゃない？」

上級妃嬪の女官は、尚食よりずっと待遇がいい。妃嬪に恥をかかせぬよう着飾っているし、高級品のおこぼれにあずかることもある。

それに、妃嬪に関わることだけしていればよく、苦手なことは下働きの女官にやらせればいい。だから、皇帝の寵愛をあきらめた女官たちは、皆その地位を狙う。

「れ、麗華が毒を入れたのよ」

彼女は玄峰さんをチラリと視界に入れてつぶやく。

「その現場を見たのね」

冷静に問いかける。見られているわけがないからだ。私は毒なんて入れていない。

青鈴はしばらく黙りこくったあと、小さくうなずいた。

「毒入りの酒があると知っていたのに、李貴妃は随分落ち着いていらっしゃったのね。茶会にまで参加されるなんて。すぐに陛下にお知らせすべきことよね」

李貴妃はあえて大勢の前で私を断罪するために、茶会に劉伶さまが現れるのを待っていたに違いない。劉伶さまが毎回短い時間でも出席するのは、周知の事実だ。

「それは……」

「私がそんなに憎かったのかな」

本音がこぼれた。

きっと村で生きていれば、飢饉や病で死ぬことはあれど、毒を盛って殺されたり冤罪で死罪になったりすることなんてなかったはずだ。そんな憎悪や嫉妬を抱く人なんていなかった。

「麗華。私……」

青鈴はなにか言いかけたものの、口をつぐんだ。

どうしたらいいのだろう。私が気づいたことが正しければ、毒を混入させたのは青鈴ではなく李貴妃かその側近だ。でも、それをどうやって証明したら……。

彼女に問いただしたいことが本当はもうひとつあったが、余計なことを発言して口裏を合わせられたら困ると黙っておいた。

「青鈴。私はあなたを信じてる」

彼女は李貴妃に利用され、悪事から抜け出せなくなったのだ。もし私の首が飛んだとしても、そのあと口封じに殺される。

私自身の命も守り、青鈴も守らなければ。

青ざめた彼女の様子を見ながら、どうすべきか考えあぐねていた。

青鈴が去ったあと、縄を解いてくれた玄峰さんが私を心配げに見つめる。

「劉伶さまは麗華さんを救いたいんだ。他のことは考えないでくれ」

「えっ？」

どういう意味だろう。

首を傾げると、彼は苦々しい顔をして再び口を開く。

「青鈴は切り捨てよ」

「なにを言ってるんです？　そんなことできません」

驚愕して腰が抜けそうだ。

「大切なのはあなただ。俺や博文は、劉伶さまのためならばたとえ殺されても構わないと常々思っている。あの方なら、彗明国を――俺たちの家族を、大切にしてくれる。

だから劉伶さまの大切なお方は、命をかけても守りたい」

その意見に二度三度と首を振った。

「劉伶さまはそんなお方ではありません。刎頸の友と口にはされましたが、それはそれくらい信用しているとおっしゃりたかっただけですよね。おふたりが自分のために命を犠牲にして喜ぶとでも？　玄峰さんに毒見をさせるのだって顔をしかめていらっしゃったじゃないですか」

劉伶さまにとって、ふたりあってこその彗明国だ。誰かが欠けるなんてことは一度だって考えたことはないだろう。

激しく詰め寄ると、彼は黙ってしまう。

「本当は、玄峰さんだってわかっていますよね。劉伶さまの優しさ。国のためにとか、皇帝陛下のためにとかいう大義名分のために、無駄に命が失われないようにと必死になられているのに、玄峰さんにそんなことを言われたら悲しまれます」

「そう、だな……」

「青鈴も同じ。私は自分の命も彼女の命も救いたい。博文さんがいてくれたら……」

博文さんや劉伶さまのように賢くない私が知恵を絞っても知れている。

今、劉伶さまは私に近づけない。私たちは、殺そうとした者と殺されそうになった者という関係だから。

だから博文さんがいてくれたら……と思ったけれど、ここに顔を出さないということは、まだ昇龍城には戻っていないのだろう。

「劉伶さまに文を書け。俺がなんとか届ける」

「本当ですか？」

玄峰さんの提案に目を見開く。

「劉伶さまの笑顔を俺も見たい」

「はい。ありがとうございます」

私は早速、今わかっていることをしたため、玄峰さんに託した。

それから牢へ逆戻り。

当然ながら武官たちは罪人の私を物のように扱う。

牢に放り込まれたときに顔から倒れて強打したが、こんなことで音(ね)を上げている場合ではない。

劉伶さまの知恵を拝借できたら……。青鈴も救えないだろうか。

「麗華さま、大きな音がしましたが大丈夫ですか？」

武官が出ていくと、隣の牢にいる子雲さんが尋ねてくる。

「大丈夫です。子雲さん、皆で生き残りましょう。それが陛下の望まれていることだから」

「承知しました。必ずや」

彼の返事に満足して、夜空に浮かぶ月を眺めた。

その晩は、劉伶さまはやってこなかった。今は彼の警護も強化されているし、簡単には動けないに違いない。

それでも、同じ月を見ている気がした。

翌朝も、子雲さんと一緒に白澤殿に移された。

すぐに来てくれた玄峰さんが、私に文を手渡してくる。劉伶さまの返事だ。

「麗華さん、これ」

私は緊張しながらそれを開いた。

【麗華。毎晩つらいだろうがもう少しこらえてくれ。必ずや罪を晴らして皇后に迎える】

彼はまだ私を皇后にしようとしているのだ。

あの酒に毒が入っていても、露ほども疑わず信じてもらえることに感動すら覚える。

私はそんな彼のためにも、冤罪を晴らして生き延びたいと強く思った。

【文をもらってひと晩策を練った。俺が麗華を助ける。それに、徐青鈴も、麗華の親友ならばそうしなくては】

「劉伶さま……」

青鈴も助けると明言され、視界がにじむ。

私は手で目頭を押さえてから続きを追った。

【明日、鳳凰殿で麗華と子雲についての裁きを行う。李貴妃と側近の宦官、そして徐青鈴も呼ぶ。麗華はただ、真実に基づき行動すればいい。嘘偽りは必要ない】

「明日……」

「劉伶さまにはなにか策があるようだ。劉伶さまを信じて、明日に挑んでほしい」

玄峰さんは私と子雲さんに言い聞かせるように話す。

「もちろんです。私たちは真実を語ります」

どうか青鈴も無事でいられますように。


そして翌日。太陽が南中する少し前に、私と子雲さんは縄に縛られたまま、鳳凰殿に連れていかれた。

先頭に立ち私たちを導く玄峰さんも、処罰する側の人間として私たちに厳しい目を向けている。

強面だと散々博文さんにからかわれていた彼も、本当は心の優しい人。それでも、このどこか武骨で荒々しさを秘めているような姿を見れば、周りの誰もが震え上がる。

彗明国を治めていく光龍帝には必要な人だ。

「跪け」

武官に乱暴に床に倒され命令される。彼らは私たちがこれから処刑されると思っているのだから無理もない。

私と子雲さんは黙って従った。

それから少し遅れて李貴妃が入ってきた。その横にはいつも一緒にいる宦官が立っている。彼が私を陥れようとしている張本人かもしれない。

続いて、生気を失ったような青鈴も姿を現した。

私も子雲さんも牢ではまともな食事をさせてもらえないので、きっと顔色は悪いだろう。しかし、彼女はそれ以上。命が今にも消えそうで息を呑む。

「陛下が参られる。顔を伏せよ」

痛っ……。

武官に思いきり背中を叩かれ、声が出そうになった。けれども、必ず劉伶さまが疑いを晴らしてくれると信じて、歯を食いしばった。

平伏し待つこと寸刻。劉伶さまが入ってきた。

「これより、尚食朱麗華、宦官黄子雲の裁きを行う。陛下より許可をいただいた。皆の者、顔を上げよ」

これは博文さんの声。戻ってきたのだ。

私は恐る恐る顔を上げた。すると一瞬、劉伶さまと視線が絡まる。

彼は毅然としているがやはり顔色がよくない。夜通し策を練っていたのだろう。

「朱麗華。もう一度尋ねる。余の酒に毒を盛ったのはお前か？」

劉伶さまは視線を尖らせ低い声で言った。

「いえ。断じてそのようなことはいたしておりません」

「黄子雲。お前も酒について知っていたが、お前が毒を盛ったのか？」

「とんでもないです。私も盛っておりません」

鋭い目を光らせる劉伶さまは、離宮にいた頃の柔らかな表情の欠片もない。

目の前にいるのは、皇帝の証である、五爪二角の龍文の刺繍が施された御衣を纏った、まぎれもなくこの国の頂点に君臨する光龍帝。その風格を感じる。

「李貴妃。そなたは毒の混入を徐青鈴から耳打ちされたと言っていたな」

「はい。驚きお伝えした次第です」

「孫宗基。そなたも知っていたのか？」

次に劉伶さまは、李貴妃に寄り添う宦官に尋ねた。孫さんが発言するのは初めてだ。

「徐青鈴が大切な話があると私のところに参りまして、李貴妃に取り次ぎました。そのとき同席しておりました」

「ならば、李貴妃と同じ情報を知っていたということだな」

「その通りでございます」

孫さんは深く頭を下げた。

彼は子雲さんより体の線が細く、武道は縁遠そうに見える。しかし子雲さんの話では頭は切れるらしく、いつの間にか李貴妃のそばに仕えていた別の宦官を押しのけて一番近くにいる存在になったとか。侮ってはいけない。

「それでは徐青鈴。お前に聞きたいことはただひとつだ。この場で朱麗華の罪が確定すれば即刻死罪だ。それをわかっているな」

てっきりあの酒について問いただすのかと思いきや、まったく別の質問で驚いた。

「あっ、あの……」

すると青鈴はカタカタと歯の音を立てて震えだす。

「私は……」

「青鈴。本当のことを言えばいいのです」

「孫宗基。陛下の許可なく口を開くとは失礼だ」

青鈴に話しかけた孫さんに厳しい言葉を投げつけたのは博文さんだった。

彼の目は怒りの色を纏っている。昇龍城に戻ってきたら、私や子雲さんが牢につながれていたからかもしれない。

「申し訳ございません」

孫さんは恐れ慄き平伏した。

「徐青鈴。お前にとって朱麗華はどのような関係だ」

続いたのは、やはり酒とは関係がない質問だった。

「麗華は、まだ短い時間ですが、尚食として一緒に頑張ってきた仲間です」

「それだけか？」

「いえ。大切な……友です」

青鈴……。

ぽろぽろと落涙しながら声を振り絞る彼女に『友』と断言されてどれだけうれしかったか。

「そうか。よくわかった。……博文」

ひと通り話を聞いたところで、劉伶さまが博文さんに目配せする。

「御意」

博文さんは一度奥に戻り、同じ壺を持ったふたりの文官を伴って戻ってきた。

なにをするつもりだろう。

「今後、そなたたちは余が許可するまでひと言も口をきいてはならぬ。ここにふたつ酒がある。ひとつは余を殺めるために毒を仕込んだ酒。もうひとつは毒など入っていない酒だ」

そう言ったところで、彼は私にチラリと視線を送った。

ふたつ用意したのにはわけがありそうだ。

「五人それぞれ、好きなほうを選び飲め」

どちらかを選んで飲めと？　劉伶さまはなにを考えているのだろう。

「まず、ひとりずつどちらかを選択させる。朱麗華からだ。他の者はうしろを向け」

劉伶さまに命じられ、壺に近づく。そして中を覗き込んだとき、その意図がわかった。

ひとつは私がつけていた陳皮ゆり根酒。そしてもうひとつは、ゆり根だけが入った酒。

「どちらを選ぶか文官に伝えよ」

「はい。私はこちらを」

文には【嘘偽りは必要ない】と書かれてあった。だから余計なことは考えない。

毒が入っていないほうを選んで飲めと言っているのだから、迷わずゆり根酒を選んだ。

「次は黄子雲」

子雲さんもおそらく私と同じゆり根酒を選ぶはずだ。

それから李貴妃、そして孫さんと選び、最後に青鈴。彼女はどちらを選ぶのだろう。

劉伶さまはおそらく、青鈴のためにこの作業をさせている。

青鈴、お願い。あちらを選んで。

私は祈るような気持ちで目を閉じていた。

「こちらを向きなさい」

博文さんに指示され、再び劉伶さまのほうを向く。劉伶さまは相変わらず無表情ではあったが、一瞬右の口角が上がった気がした。

「五人の中でひとりだけ他の者とは異なる酒を選んだ者がいる」

それじゃあ……。

李貴妃の様子をうかがうと、余裕の笑みを浮かべていた。

「徐青鈴、お前だ」

「はっ……」

劉伶さまが彼女の名を口にした瞬間、武官が駆け寄り両腕を捕らえる。

「私ではございません。私は毒なんて……」

顔をゆがめ必死に首を振る彼女を、武官が押さえつける。

「わかっている。誰が徐青鈴を捕らえろと言った。手を放せ」

声を荒らげる劉伶さまにハッとした武官は、すぐに離れた。

よかった。私の思っていた通りだ。これで彼女の無実が証明された。

「徐青鈴は毒を入れてはいない。徐青鈴が選んだのは毒入りの左の壺。他の四人は右の壺だ。飲めと言っているのに、毒が入っているほうを選ぶわけがない」

左の壺は、陳皮ゆり根酒。右はただのゆり根酒だった。

私は青鈴に、陛下は寝つきが悪くてゆり根をつけた酒を用意しているとだけ言った。陳皮について触れたことはない。

だから私の房にある酒を見ていない彼女は、ゆり根だけが入っている酒に毒が入っていると思い、陳皮入りを選んだのだ。

実は李貴妃が茶会で『陳皮酒』と口走ったのを思い出しておかしいと感じ、文で劉伶さまに伝えた。青鈴に聞いただけならば、『ゆり根酒』と言うはずだからだ。

つまり、李貴妃は私の房にあったあの酒を見ているか、中身について報告を受けていることになる。

だから劉伶さまは、まずは青鈴の無実を晴らすために、このような行為をさせたのだろう。

科挙を最高位で通過した人はさすがだ。こんなこと、思いつきもしなかった。

「残りの四人の中に、余を殺めようとした人間がいる。いや、ふたりのうちのどちらかだ」

劉伶さまがきっぱりと口にすると、李貴妃の顔が引きつる。

「朱麗華は徐青鈴に、余の寝つきをよくするために、ゆり根をつけた酒を用意していると告げた。よって、徐青鈴は朱麗華の房にあった酒は、右のゆり根だけが入った酒だと思ったのだ。しかし、本当は違った。朱麗華が用意したのは、陳皮ゆり根酒だ」

孫さんはそこでなにかを察したらしく、口を開けて手を握りしめている。

「それを作った朱麗華、そして余に運んでいた黄子雲は当然知っている。だが、お前たちふたりはなぜ陳皮が入っていると知っていた？」

ようやく李貴妃も自分が犯した過誤に気づいたのか、わなわなと唇を震わせて苦し紛れに口を開く。

「それは、徐青鈴がそう……」

「徐青鈴は、陳皮が入っていたことを知らなかったのにか？」

劉伶さまの眉が上がった。

「私はなにも知りません。なにもかも孫宗基がしたことでございます」

「あなたが命じたんだ」

李貴妃と孫さんが大きな声で罵り合いを始める。それを止めたのは玄峰さんだ。

「陛下の前だ。見苦しい」

凄みのある声は、瞬時に静寂を誘う。

「所詮、お前たちの絆などそんなもの。いざとなったら互いに罪を被せ合う。心配無用だ。双方に罪がある。李貴妃は余の寵愛を受けそうな女官を排除し皇后にのし上がるため。孫宗基は李貴妃に余との間に男児をもうけさせたあと余を殺め、権力をほしいままにするために、朱麗華を陥れようとしたのだろう」

劉伶さまは抑揚もなく淡々と語る。それがかえって彼の怒りを示しているようで、場の雰囲気が凍りついた。

「ち、違います。毒を仕込んだのは孫宗基です」

李貴妃は表情をこわばらせ、声を絞り出した。

「そうだろうな。しかし、命じたお前も同罪だ。それだけではない。心を込めて作る朱麗華の薬膳料理をお前たちは穢し、なおかつ余に間違った罪人を処罰させようとした。その罪は重い」

劉伶さまが私の薬膳料理について触れるので、胸にこみ上げてくるものがある。

彼に元気になってほしくて作った酒に毒を入れるという、私にとってはとんでもない侮辱をとがめてくれたことがうれしかった。

「天網恢恢疎にして失わず。天はすべてをご存じだ。悪事を働けば罪を受けるのが至極当然。博文」

今までに見たことがないほど眉を吊り上げた劉伶さまは、博文さんになにやら指示を出す。すると博文さんは陳皮ゆり根酒をふたつの杯に注ぎ、李貴妃と孫さんの前に置いた。

「あおるがよい」

「陛下、それだけはご勘弁を」

「できぬのか？　余を殺めようとしたのに、なんの覚悟もないとは見苦しい」

恐怖で顔を引きつらせる李貴妃が声を震わせて懇願するも、皇帝が口にする飲み物に毒を仕込んだという事実は当然消えない。劉伶さまは冷たく切り捨てた。

「李貴妃と孫宗基には死罪を命じる。朱麗華と黄子雲がこの数日どれほど苦しんだのか、お前たちも味わいながら逝け。玄峰、連れていけ」

「御意」

「陛下、お願いです。命だけは」

李貴妃は身を乗り出し、必死の形相で命乞いをする。しかし劉伶さまに命じられた玄峰さんは、怒りに満ちた目で彼女をにらみ、他の武官とともに力任せに立たせる。そして、「陛下！」とみっともなくあがく彼女と孫さんを引きずるようにして出ていった。

「朱麗華、黄子雲」

残った私たちに劉伶さまが声をかけてくるので、即座に叩頭する。

「顔を上げよ。此度はつらい思いをさせた。だがふたりには、今後も彗明国のためにその力をいかんなく発揮してほしい」

意外な発言に驚いたものの、もちろんそのつもりだ。

「陛下からのありがたきお言葉、胸に刻んで精進いたします」

私が答えると、劉伶さまは満足そうに微笑んだ。

それからすぐ、劉伶さまに命じられた官吏たちが退室していく。残ったのは、劉伶さまと博文さん、そして私と子雲さん。あとは青鈴だけだ。

青鈴は腰を抜かしたのか座り込み、言葉をなくして放心している。その顔はまるで死人のように青白く、胸郭のかすかな動きで生存を確認しなければならないほどだった。

「徐青鈴」

「はっ」

劉伶さまの呼びかけでようやく我に返った青鈴は、平伏する。すると劉伶さまは眉をひそめた。

「お前は毒を仕込んではいないが、余は気に入らぬ」

「はい」

「お前が朱麗華を妬んでいたことは耳に入っている。しかし、朱麗華は友ではなかったのか？」

そう問いかける劉伶さまは、悲しげな視線を彼女に注ぐ。

「申し訳ありません。つまらぬ嫉妬で私は麗華を……」

「お前は友を死に追いやろうとしたのだ。李貴妃たちの陰謀が暴かれなければ、朱麗華は命を落としていた」

劉伶さまが強くたしなめると、青鈴の体が小刻みに震えだし、嗚咽が漏れる。

そして次の瞬間彼女は立ち上がり、陳皮ゆり根酒が注がれた杯に手を伸ばした。

「嫌……」

私はそれを見てとっさに駆け寄る。

「死なないで！」

そして杯を彼女の手から弾き飛ばした。

床に落ちた杯はガシャンという音とともに割れ、青鈴は呆然と立ち尽くす。

「死なないで」

もう一度繰り返し、彼女を抱きしめた。

「徐青鈴。陛下と麗華さまに生かされた命を絶つという失礼な行為を恥よ」

突然子雲さんが声を大きくし、青鈴を責める。

「私は文官だった頃の陛下を、毒で殺めようとした。陛下とは腹違いではあるが栄元帝の血を引く兄を次期皇帝にしたいと望んだ母の命令だ」

その発言に驚き、彼を見つめる。

三人が離宮を訪れるきっかけになった事件は、彼が犯人だったのだ。

「陛下は、成功しても失敗しても死ぬ運命だった私に同情して、自死するのを許してくださらなかった。そして、母と兄から財をすべて奪い、昇龍城から追放した」

衝撃の事実に身震いする。

それでは、子雲さんは実母から兄の即位のために死ねと言われたも同然。同じ血を分けた兄弟なのに、生まれが早いか遅いかだけで生死が決まるなんてあんまりだ。

「栄元帝の血を引く私が、この先決して皇帝の椅子を望まないという証として宦官になり、劉伶さまへの忠誠を誓った。それゆえ、劉伶さまが昇龍城を出られたときは落胆したが、戻ってこられたからには命をかけてお守りすると決めている」

だから子雲さんは劉伶さまに絶対的な信頼を置いているし、劉伶さまも彼を信じているに違いない。

それにしても、腹違いの兄弟だったとは。

「徐青鈴。お前も覚悟を決め、陛下と麗華さまのために生きよ。お前の死を一番に悲しむのは麗華さまだ。そのような苦痛を与えることは私が許さん」

子雲さんの心の叫びに胸が震える。その通りだからだ。

劉伶さまも私も、これ以上誰かが死ぬのを見たくない。

「徐青鈴。危急存亡の秋になり、ようやくお前は大切なことに気づいたはずだ。朱麗華が皆から好かれる理由は、お前もよくわかっているだろう？」

劉伶さまの問いかけに、真っ赤な目をした青鈴は口を開く。

「はい。麗華は誰にでも優しく、皆の笑顔のために薬膳料理を作っていました。私のように高貴な妃嬪の懐に入りたいというような邪心などひとつもありませんでした。私はそんな彼女に魅かれていたのに、自分の立場が危うくなると我を忘れてしまいました」

肩を大きく揺らして言葉を紡ぐ青鈴は、私を見つめ床に膝をついて頭を下げる。

「麗華。本当にごめんなさい。妃嬪からもてはやされるあなたがうらやましくて……。でも麗華が好かれるのは努力をして薬膳を学んだ結果なのに。私は努力もせず李貴妃の囁きに応じてしまった」

「青鈴。もういいの。私も配慮が足りなかった。お願いだから死なないで。私は大切な友を失いたくない」

私も膝をつき彼女の肩に手をかけて起こすと、彼女は大粒の涙をこぼしながら小さくうなずく。

「この罪は一生背負います。麗華のために生きます」

「なにそれ。一緒に生きるのよ」

ずっと友でいたい。

「徐青鈴。処分は考慮の上、のちほど通達する。それまで房にとどまれ。子雲、あとは頼んだ」

「御意」

劉伶さまは、青鈴に子雲さんを付き添わせてくれた。

きっと同じような過ちを犯した彼が、青鈴をよきほうに導いてくれるに違いない。

「余は応龍殿で少し休ませてもらう。朱麗華は話がある。ついて参れ」

劉伶さまは博文さんに目配せしたあと、ゆったりと歩きだす。私も従った。

応龍殿の奥の部屋に入ると扉を閉めるように言われてその通りにした。

「麗華。おいで」

つい数分前まで気高き皇帝として場を取り仕切っていた彼が、伯劉伶の顔に戻り両手を広げる。

ためらいなどまったくなかった。私はその胸に飛び込んだ。

「よく耐えた。つらい思いをさせたな」

ようやく緊張の糸が切れたからか、涙があふれてきて止まらない。

「信じて、いました。劉伶さまが助けて――」

もう言葉が続かない。

それでも彼は私の気持ちを理解したのか、背中に回した手に力を込めてより強く抱きしめてくれる。

「月を見ていた。麗華と同じ月を。必ずお前を助けると」

美麗な御衣が涙で汚れてしまう。けれど、離れられない。

「私も、見ていました。劉伶さまと同じ月を」

「あぁ」

彼の声も震えている。

劉伶さまは私以上に恐怖と闘っていたのかもしれない。私は彼にすべてを委ねただけ。私の命は彼の手中にあった。

「麗華」

劉伶さまは私の名を口にすると、ゆっくり体を離す。そして私の頬に伝う涙を大きな手で拭った。

「皇后になってほしい。お前のいない世界に月は昇らない」

「……はい」

他の返事など見当たらなかった。

自分に皇后としての気品が備わっているとも思わないし、その役割を果たせる自信もない。ただ、劉伶さまの一番近くにいたい。

承諾の返事をすると、彼は瞬時に笑顔になる。

「生涯、麗華だけを愛す。他の妃嬪のところに渡るつもりはない」

思いがけないことを明言されて、胸に喜びが広がる。

しかし、彼はこの国の皇帝なのだ。そういうわけにもいかないだろう。

「そんな。それではお世継ぎが……」

そのための後宮なのに。

「お前がいるだろう？」

「それは……」

にやりと笑った彼はそのあと真顔に戻り、私に熱を孕んだ視線を注ぐ。

「逃がさないぞ。これは皇帝の命だ」

そしてそう囁き、唇を重ねた。

彼の柔らかな唇が私を幸福の極みへと導く。

離れたあと、火照る顔を見られたくなくてもう一度胸に飛び込む。

「やっと、手に入った」

すると彼は、深い溜息と共につぶやいた。

彗明国の頂点に君臨し、なんでも欲しいままにできるはずの皇帝らしくない発言に笑みがこぼれる。

　これが素の彼なのだろう。

「劉伶さま。ひとつお願いが。青鈴にどうか寛大な処分を」

　顔を見上げて懇願する。

「お前は柳眉を逆立てるということがないようだな。俺よりずっと寛容だ」

「そんなことはございません」

　彼は自分を殺めようとした子雲さんを許し、そばに置いているのだから。

「いや。そんなところを好いているのだから、問題はないだろう?」

　彼は柔らかな笑みを浮かべる。

　私は吐息がかかる距離が面映ゆくて視線を逸らした。

「青鈴には、尚食の腕を生かしてもらう。博文が足を運んだ北方の町は、気候が悪く野菜が育ちにくい。そのため食糧不足が続き、その不満が募っていたようだ。しかし、博文が昇龍城を攻めても状況は変わらないと諭したはずだ」

　私の故郷のように飢えて命の危機を感じ、最後のあがきとして軍を起こしたのだろう。万が一にも生きる道があるともしれないと。それくらい切迫した状態だったのだ。

「軍を収めるならば食料を配給すると選択肢を与え、今後について話し合わせた。その結果、こちらの言い分を呑むと。どうやら食に関して知識の乏しい地域のようだし、南方の野菜を食したこともないようだから、調理に詳しい者を数人送る」

「それに青鈴を？」

「あぁ。何年かして任を解かれたら、働きに見合った給金は持たせるから自由にすればいい」

それなら故郷に戻るのもいいかもしれない。後宮に戻っても、冷たい目で見られるだろうし。

「ありがとうございます。きっと故郷で幸せになってくれるかと」

「いや、戻ってくるだろうな。皇后の女官を志願して」

まさか……。青鈴にとってここは針のむしろなのに。

「そう、でしょうか？」

「間違いない。子雲と同じだ。あいつも昇龍城を出ればよかったのに、宦官にまでなった。俺に忠誠を誓い守るために」

たしかに、子雲さんはきっとこの先も劉伶さまの片腕として働き、後宮では私のことを守ってくれる。

青鈴を縛り付けることになるのは心が痛いけれど、もちろん一緒にいられるのはうれしい。もし彼女が後宮に戻る選択をしたら、そのときは甘えよう。

「青鈴の選択に任せます」

「それがいい」

「それにしても、子雲さんのことは驚きました」

「うん」

彼は私を誘導し、寝台に座らせて自分も隣に座った。

「俺よりふたつ年下の子雲は優秀な男だ。幼き頃から母の期待に応えるべく勉学に励み、俺より三年あとの科挙試験に合格している」

「子雲さんも文官だったんですか？」

尋ねるとうなずいた。

「腹違いとはいえ兄弟だから、幼少の頃はよく一緒に遊んだ。子雲の母は兄ばかり寵愛し、子雲は蚊帳(かや)の外。だからか俺によくなついて、文官になったのも俺と共に仕事をしたかったからだと話していた」

それなのに、毒を？

「子雲の兄は俺よりひとつ年上だったが、甘やかされたせいか学もできず、母である貴妃の言うがままだった。皇帝の血を引く男児は何人も不審死しているから、母は無事に育ち皇帝の座に収まることだけを望んでいたのだろうな」

そういえば、栄元帝の血を引き皇帝となれる男子は劉伶さまだけで、男系で生きている者は追放されたと玄峰さんが教えてくれた。

その追放された人間が子雲さんの兄で、あのとき玄峰さんが子雲さんに意味ありげな視線を向けたのは、彼がもともとその資格を有していたということだったのだ。

「それも不憫な気がします」

「そうだな。だから子雲のように気ままに遊ぶという経験もしておらず、あまり笑うこともなかった。権力を前に何人もの運命が狂った。実に浅はかだよ、人間は」

劉伶さまは吐き捨てる。

ある意味、子雲さんの兄上も被害者だったのかもしれない。

「皇后の子だった香呂帝が即位したものの、このままでは国が危ういと噂されるようになり、次の皇帝の模索が勝手に始まった。実は俺の兄は赤子のときに不審死しているんだが……」

そういえば、兄上が亡くなっていると玄峰さんに聞いた。でもまさか、赤子のときだったとは。

それほど過酷な権力争いの中、劉伶さまが今生きていることに感謝せずにはいられない。

「母はそれ以来、俺を後継者争いには入れたがらなかったし、俺も望まなかった。だから母は栄元帝が崩御したあと、こっそりと妹と共に後宮を去っている」

「今もお元気で？」

　問うと彼は深くうなずく。

「ところが、子雲の母は俺が文官をしつつ皇帝の座を虎視眈々と狙っていると勘違いしたのだろう。自身の子より認められている俺が邪魔になった」

　だからといって殺めようとするなんて、私には理解できない。

「あとは子雲が話した通り。文官や武官は同じ宮で食事をとることも多かった。その機会を利用して、子雲は兄の即位のために俺に毒を盛れと実の母に命じられたのだ。つまり、死ねと言われたも同然だった。あいつの無念がわかるからこそ、俺はあのとき羹を口に含んだ」

　彼は顔をしかめて続ける。

「子雲も青鈴と同じなんだよ。すぐに自分も毒を飲もうとしたが俺が止めた。生きて償えと」

　憤りや無念さ、さらにはやりきれない思いがあふれてきて、涙がこぼれそうになる。

　すると劉伶さまは私をそっと抱き寄せてくれた。

「本当ならここに残って子雲を見守ってやるべきだったが、博文と玄峰の力を借りてあいつの母と兄を追放するだけで精いっぱいだった。彗明国のために働く気力など毛ほども残っていなくて、もうこの国がどうなっても構わない、こんな場所にいたくないと逃げた」

彼は離宮で『役割から逃げてきた』と言っていたが、そういう意味だったのか。

「でも、出会ってしまったんだ。周囲の者の幸福のためだけに走り回る女にね」

「……私？」

「あぁ。それなら麗華の幸せは俺が守ろうと思った。だから皇帝になって国中の人たちの笑顔を導くと決めた。今の俺があるのは、麗華のおかげだ」

まさか。私はただ料理を作っていただけ。劉伶さまとはやっていることの規模が違う。

「そんな……」

「だが、もっと助けてもらわないと困る。麗華がいてくれれば、どんな困難も乗り越えられる」

彼は私を見つめて優しく微笑む。

私も劉伶さまの笑顔を守るためなら、なんだってできる。

「それでは、頑張らなくては」

「俺も。まだまだこれからだ」

劉伶さまは頬を緩めて私の手を握った。

「さて、昨晩は一睡もできなかったんだ。少し眠りたい」

「はい」

ただでさえ眠りが浅くて苦労しているのに、おそらく昨晩だけでなくあの茶会の日からほとんど眠っていないはずだ。

それから彼がなぜか私の手も引くので、褥に一緒に倒れ込んだ。

「劉伶さま？」

「お前の手が必要なんだ」

「手？」

たしかにこの手があれば熟睡できるようだけど、握っていろと？

「あぁ。仕方がなかったとはいえ、したくないことをした。心が波立っている。麗華の手で静めてほしい」

あのふたりに死罪を言い渡したことを言っているのだろう。

長い歴史の中では、ためらいなく何人でも臣下や国民を処刑した皇帝もいる。後宮内の争い事でもそうだ。けれど、そんな人たちと光龍帝は違うのだ。

「承知、しました」

「麗華も睡眠不足だろう？　早く眠らないと博文が来るぞ。話があると言ったのは口実で、麗華と一緒にいたいだけだと気づいている。あいつはそういうところが鋭くて困る」

「えっ！」

「どうせ叱られるんだ。麗華の温もりを感じさせてくれ」

劉伶さまは強引に私を抱き寄せ、衾をかけて目を閉じた。

手を握るだけでなく、抱きしめられたまま眠れと？

心臓が暴れだし、とても眠れやしない。

放心していると、彼は目をぱちっと開く。

「言い忘れた。おやすみ、麗華」

彼はそう言ったあと私の額に唇を押し付けて、今度こそ眠りについた。

「え……」

彼の唇が触れた額にそっと触れ、目を白黒させる。

しかし、安心しきった表情で眠る劉伶さまを見ていると、たまらなく幸せな気分になる。

きっと彼は、この国を平和に導く。私は一生ついていくだけ。

彼や遠征に行き大仕事を成し遂げてきた博文さん、そして私を支えてくれた玄峰さんと子雲さんに、うーんとおいしい薬膳料理を振る舞おう。

そんなことを考えながら私も目を閉じた。

その後私は後宮に戻り、厨房で料理を作り始めた。

尚食の仲間は私の復帰を大歓迎してくれて、共に調理にいそしんだ。

この場に青鈴がいないのだけが残念だが、劉伶さまが彼女のこれから進む道を示してくれたので、落胆ばかりしてはいられない。

今日は白露さんに頼み込んで献立を立てさせてもらった。皆の労をねぎらうために好物を食べてもらいたいと思ったからだ。

劉伶さまが一番好きなピリッと辛い花椒を入れた麻婆豆腐。博文さんの好物、海老団子の羹。そして肉好きの玄峰さんには丁子や八角、桂皮などの粉を混ぜた五香粉を効かせた焼き豚。

他にはおそらく疲れ果てて気虚に近い状態にある彼らのために、それを改善する黒豆を南瓜と一緒に炊く。同じく気虚によい薏苡仁と棗を入れたお茶も用意するつもりだ。

さらには、気を補うのに最適な高麗人参や血行を改善するという八角、疲労回復にはうってつけの大蒜や食欲を増進させる唐辛子などを加えて砂糖と酒と生抽で煮込んだ丸鶏料理も作った。

他の女官たちも次々と料理を作り、器に盛っていく。後宮に来てから一番贅沢な夕食になりそうだ。

応龍殿で尚食として平伏したまま薬膳効果について説明したあと退室しようとすると、博文さんに止められる。

「朱麗華と黄子雲は、無実の罪を被せた詫びとして、陛下が夕食を共にしたいとおっしゃっている」

　またあの離宮でのような食事を経験できるとは。

　うれしさのあまり、笑みがこぼれるのをこらえきれない。

「ありがたくお受けします」

　すると落ち着いた様子で子雲さんが答えている。

　そうか、こういうときはそう返事をするんだ。

「ありがたくお受けします」

　私も真似ると、私たち以外の尚食と宦官は出ていった。


「今日は豪華だな。麻婆豆腐、食いたかったんだよ」

　私たち五人だけになると、劉伶さまは途端に素に戻る。

「麗華さん、俺が肉が食いたいってよくわかったな」

「玄峰はいつも肉だろ」

　玄峰さんは博文さんに指摘されてもお構いなしに、大口を開けて焼き豚を運ぶ。もちろん博文さんは海老団子からだ。

「子雲さんはなにがお好きなんですか？」

「私はなんでも。食べられることが幸せです」

彼が謙虚な言葉を口にすれば、劉伶さまが食べる手を止める。

「子雲、それは麗華に失礼だ。麗華は俺たちを元気にしたくて食事を作っている。お前が一番笑顔になれる料理を伝えるのが正解だ」

その通り。おいしいと食べ進んでもらえるのが一番うれしい。

「申し訳ありません。それでは……。私も肉が好きです」

「俺の分はやらないからな」

思いきり顔をしかめる玄峰さんを劉伶さまが笑う。

「玄峰。麗華さんが怖がられる。その強面顔はしまえ」

「しまえるか！」

玄峰さんは博文さんに茶化されて口を尖らせているけれど、本気で怒っているわけではない。

私は初めて会った日を思い出していた。

偶然出会った私たちが、彗明国の中枢である昇龍城で夕食を共にすることになるなんて考えもしなかった。

でも、私は今とても幸せだ。

たくさんあった料理が半分くらい胃の中に入った頃、博文さんが口を開いた。

「それで、劉伶さまはいつ麗華さんのところに渡られるおつもりですか？」

「そうだな。今晩でもいいし」

「ゴホッ」

突然始まったとんでもない話に、喉を詰まらせそうになり慌てる。

「麗華。お茶を飲め」

隣にいる劉伶さまが私に薏苡仁茶を差し出してくるので受け取って飲んだ。

「まったく無粋な会話だな」

「玄峰に言われたくない」

表では皇帝として眼光炯々としている劉伶さまが、子供のようにふてくされるのがおかしすぎる。

「麗華さん。茶会で後宮をまとめた手柄としてまずは賢妃となり、藍玉宮に移ってもらいます。さすがに女官の房に皇帝が渡るというのも……」

博文さんの言葉にはうなずける。私には十分な広さだが、たしかに皇帝が来るべき場所ではない。

「適当な理由をつけて位を上げようと考えていたけど、そんな必要はなかったね。麗華は今や後宮の妃嬪や女官から一目置かれる存在になっている。誰も文句は言えないだろう」

　劉伶さまは口の端をかすかに上げる。

「よく妃嬪に引きとめられて、麗華さまに薬膳料理を作ってもらうにはどうしたらよいかと尋ねられます」

　次に子雲さんがそう言うので驚いた。

「そうだったんですね」

「はい。ですが最近では数が増えすぎて参りましたので、不公平になるとよろしくないと思い、茶会を楽しみにしてくださいとお伝えしています」

　妃嬪たちが私の料理を食べたいと思ってくれているのが素直にうれしい。

「それでは茶会を開かなければ。中華まん、駄目にしてしまいましたし」

　あの騒動のせいでせっかく作った中華まんは破棄されたはずだ。

「皇后になっても続けるつもりか？」

「もちろんです」

　劉伶さまの質問にうなずく。

　皇后だからこそやらなくては。

　後宮の頂点に立つのなら、後宮をまとめるのが私の仕事。もう二度とあんな事件が勃発しないように、妃嬪同士の絆を深めたい。

「働き者の皇后が誕生ですか。早急にお手付きをしていただいて、翠玉宮に移りましょう」

博文さんがそんなことを言うので、頬が赤らむ。

つまり、閨を共にして劉伶さまの寵愛を示し、賢妃から皇后となってその住まいの翠玉宮に移れと言っているのだ。

でもこれ、後宮の女官たちに劉伶さまとの間にそうした事実があったと知らしめる行為に等しい。妃嬪なら誰もが望むこととはいえ、さすがに恥ずかしい。

「あっ、えっと……」

「麗華。照れなくてもいい」

どうして皆、こんな会話をして平然としていられるのだろう。

淡々と食べ進んでいる四人に目を丸くする。

「麗華さんが固まっているぞ」

この中で一番がさつそうな玄峰さんが私を気遣う。人は見かけによらないのだと知った。

「まあ、焦らずゆっくり進もう。逃すつもりはないから」

だからそれが恥ずかしいのに。愛を囁かれるのはうれしいけれど、皆の前ではちょっと。

「そういえば、先ほど青鈴に任について話をしました。彼女はふたつ返事で受け入れました」

博文さんが話を変えた。

「そう、ですか」

後宮からいなくなるのは寂しいが、精いっぱいの温情に感謝しなければ。劉伶さまが心の優しい人でなければ、青鈴も処刑の対象だった。

「これからは陛下と麗華さんに恥じない生き方をしますと話していました。必ず恩返しすると」

「青鈴……」

彼女なら立派な働きをするだろう。劉伶さまが授けた未来は暗くない。

「明日の朝、旅立つはずです」

「えっ、もう？」

私は思わず立ち上がった。

こんなに早いとは思っていなかった。

最後にもう一度会いたい。でも、許されないかもしれない。私たちは罪を被せた者と被せられた者という関係だからだ。

「彼女の房は宦官が取り囲んでいるし、他の女官の目もあるから会うのは難しいかもしれない。でも、城を出るときは目をつぶるように言っておく。行っておいで」

「いいんですか？」

「光龍帝の意思にそむける者はいない。玄武門から出るはずだ」

劉伶さまの提案を玄峰さんがあと押ししてくれたので、うなずいた。


翌朝、朝日が昇る頃に子雲さんが声をかけてくれた。

「麗華さま、そろそろ出立するようです」

早い時間に驚いたものの、他の女官たちと顔を合わせない配慮をしているのだと思い、昇龍城にある四つの門のうち、北の玄武門を目指して走りに走った。

「青鈴！」

宦官に付き添われて門に向かう彼女に声をかけると振り向く。

「麗華……」

「青鈴。元気でいて」

私は勢いよく彼女に飛びつき、抱きしめた。

「本当にごめんなさい。私がしたことは、死に値するのに……」

「陛下のご意思は絶対よ。生きて。またいつか会えるとうれしいな」

「麗華。ありがとう」

彼女は大粒の涙をこぼし、声を震わせる。

私は彼女から離れて、目を見つめた。

「陛下は、彗明国の隅々の村の人たちまで幸せにしたいとお考えよ。今は苦しい地域も、いつか必ず生活が好転する。私は後宮で自分のできることを全力でする。青鈴。どうか陛下のご意思を伝えて。もちろん青鈴も幸せになるの」

彼女は涙が止まらなくなったらしく、手で拭いながら何度もうなずいている。

「徐青鈴、そろそろ」

宦官に促されたので、私はもう一度彼女を抱きしめた。

「青鈴はずっと私の友だからね」

そう囁くと、彼女も私の背に手を回してくる。寂しいけれどこれが最後の抱擁だ。

私は離れたあと、香徳妃から受け取った歩揺を彼女に握らせた。

「これ……」

「香徳妃に許可をいただいてあるわ。青鈴の料理はとてもおいしかったのに、悪いことをしたとおっしゃってた。香徳妃は医者がお嫌いみたいで、薬膳でなんとかなるなら……と気持ちが暴走したと。だからこの歩揺は青鈴のものなの」

彼女は歩揺を強く握り、嗚咽を漏らしだす。

「私、なんて馬鹿だったんだろう……」

「青鈴。まだこれからよ。私たちは食で誰かを幸せにできる。頑張ろうね」

「……うん」

泣きじゃくっていた彼女も、最後は笑顔を作ってくれた。

私は必死に泣くのをこらえてはいたが、大きな門が私たちの間を隔てたのを機に一粒だけ涙がこぼれる。

でも彼女は必ず活躍してくれる。そしていつかきっと会える。

私も頑張らなくては。

皇后の道を示されても戸惑いばかりだ。けれども、劉伶さまの——彗明国の役に立ちたい。

気持ちを新たに、明らんできた空を見上げた。

後宮を導く中華まん

青鈴が去って十日。

私は皇帝の命で賢妃となり、今までの狭い房から藍玉宮に移った。

その日私は、尚食の仲間に手伝いを乞い、茶会を催すことにした。もちろん、中華まんのやり直しだ。

「麗華さん。もう賢妃になられたのですから、指示していただければ私たちがいたしますのに」

尚食長の白露さんが今までとは違う態度で接してくるので首を横に振る。

「これまで通りで結構ですよ。それに調理をしていないと落ち着かなくて。皆で一緒に薬膳できれいになりましょう」

そう言うと、尚食の仲間はうれしそうに微笑み、てきぱきと動きだした。

小豆や黒ごま餡の中華まんに加え、大きな豚の角煮をそのままゴロンと入れた、お腹にたまりそうなものも作る。

というのは、劉伶さまがやはり顔を出してくださるのと、今回は日頃お世話になっている宦官たちにも振る舞うことにしたからだ。毒見役ではなく、招待客として。

それでなにがいいかと子雲さんに聞いてみたら、甘い中華まんよりそうしたものを好む者が多いと知り、大量にこしらえた。

今回は、最初の茶会の十倍近くの人たちが集まり、中庭が狭く感じる。

「──豚肉は体を潤しますので、肌の乾燥にも効果的です。便秘にもよろしいですよ」

いつものように効能を説明すると、出席者は皆、真剣に聞き入っている。

「いくつも食べられるように小さめにしてあります。どうぞお召し上がりください」

宦官も初めてのもてなしに目を輝かせている。

後宮に序列があるのは仕方がないかもしれないが、できれば仲良く、そして楽しく生きていきたい。

配膳も手伝ってくれた尚食たちが自らも食べ始めた頃、劉伶さまがやってきた。

一斉に食べるのをやめて注目するが、すぐに緊張が緩むのはいつものことだ。皆、劉伶さまがお優しく、慈悲深い皇帝だともうよく知っているのだ。

「朱麗華。今日はなんだ？」

「はい。中華まんでございます。本日は角煮入りも作りましたので、お土産に持っていかれてもよろしいかと」

ここには入れない肉好きの玄峰さんを意識して提案する。すると、いつもは表情ひとつ崩さない彼が右の眉を上げて口元を緩めた。

「それではそうしよう。余の臣下もよく働いてくれている。感謝を示したい」

「はい。あとでお包みします」

ひとまず劉伶さまの分の準備をして下がろうとすると、不意に腕を握られてひどく驚く。

「いつも感謝している」

「とんでもないことでございます」

すぐに手は放されたが、握られた部分が熱くてたまらず、しばらく心臓の高鳴りを抑えられなかった。


茶会は大盛況のうちに終わり、体調に悩みのある妃嬪に食べ物の提案をしていたら夕刻になってしまった。

慌てて厨房に向かい、尚食として夕食作りをしようとしたが、ほとんどできている。

「遅くなって申し訳ありません」

「麗華さんは賢妃になりになったのですから、尚食の仕事なんてしなくていいんです」

白露さんが改めてそう言うけれど、それも寂しい。

「でも私、料理をするのが楽しいんです。やらせてください」

必死に訴えると、女官たちがクスクス笑いだした。

なにかおかしなことを言っただろうか。

「陛下から宦官を通じて、今日は疲れているだろうから麗華さんは休ませるようにと伝言が。それと、おそらく麗華さんはこれからも調理をしたいと言うだろうから、仲間として今まで通りに接してほしいと。その通りでしたね」

「陛下が？」

チラリと子雲さんに視線を送ると、彼も笑いを噛み殺している。

「麗華さんが皇后になったらいいのにって、皆で話してたのよ。きっと楽しい後宮になるだろうなって」

「そうそう。でも皇后さまと一緒に調理するなんておかしいわね」

仲間たちが口々にそう漏らす。

私ひとりだけ位が上がってしまったので、もしかしたら拒絶されるのではないかと心配していた。頑張っていたのは皆同じだからだ。

それなのにこの歓迎ぶり。私がしてきたことは間違っていなかったのかもしれない。

「ここにいてもいいんですね」

近い将来、本当に皇后となっても、ひとりで部屋にこもっているのは苦痛でしかない。仲間と一緒に、食で皆を笑顔にし続けたい。

「もちろん。麗華さんがいないと美肌が保てないもの」

「私、最近月のもののときの痛みが少なくなったの」

「私はほっそりしてきたでしょ」

「それは思い過ごしよ」

次々と女官から声が飛び、大きな笑いが起こる。

李貴妃の騒動の影響で一時は緊張感が漂っていた後宮だったが、やはりこうでなければ。

私も一緒になって大笑いしたあと、藍玉宮に戻った。

賢妃となったからには、専属の女官を数人つけなさいと博文さんに言われている。いくら宦官とはいえ、子雲さんに着替えの手伝いなどをしてもらうわけにはいかないからだ。

とはいえ、これまで自分でしていたのだから、女官などいらない。

しかし、料理が得意な私がその能力を発揮できる場所があることがうれしいように、髪結いがうまい女官もいれば、衣を縫うのがうまい女官もいて、それぞれに輝ける場所があるほうがいいのかもしれないと思い始めている。

「ゆっくり考えよう」

後宮に来たとき、ここで一生下働きをするのだと覚悟していた。それなのに、妃嬪の頂点に駆け上がろうとしているのが信じられない。

でも、劉伶さまの寵愛は幸甚の至りだし、もう誰も命を落とすことのない後宮を作っていけるのなら踏ん張りたい。


「麗華。起きてる?」

疲れからかうとうとしかけた頃、扉の向こうから声がした。

劉伶さまだ。

私は飛び起きてすぐに扉を開ける。

目の前の彼は、子雲さんと御衣を交換してひっそり訪れていたときとは違い、きらびやかな皇帝の姿のままだった。

「どうされましたか?」

「どうしたって……。お手付きに来たんだけど」

「え……」

「早く女官をつけないから、事前の連絡もできやしない。まあ博文は今さらでしょうと笑ってたけど」

たしかに、皇帝が渡るために部屋の移動をしたわけだけど、まさかこの宮に移ったばかりの今晩だとは。

「なんだその驚いた顔。どれだけ待ったと思ってる」

彼は私を簡単に捕まえて腕の中に包み込む。

「で、ですが……」

「麗華。皇后になる覚悟はできた？」

彼は私を抱きしめたまま問う。

「覚悟なんてできません。でも、劉伶さまに添い遂げるためなら、なんでもします。一生、劉伶さまだけを思って生きていきたい。あっ……」

本音を吐き出すと、少々荒々しく、そして焦るように唇を重ねられた。

「俺も。一生麗華だけを思い続ける」

優しく微笑む彼は、光龍帝ではなく伯劉伶の顔をしていた。

これから先、こうして笑い合える時間ばかりではないだろう。でも、彗明国を平穏で豊かな国へと導く劉伶さまの一番近くで、彼を支えられる存在になりたい。そして、薬膳料理で皆を笑顔にしたい。

彼との出会いはただの偶然だった。けれども、その偶然から広がった幸福を、この先もずっと守りたい。

——彗明国の明るき未来は、ここから始まる。

書き下ろし番外編

幸せな後宮の昼下がり

「景皓さまは本当にお元気ですこと」

翠玉宮の日当たりのよい一室で、身の回りの世話をしてくれる女官が、窓の外を眺めてしみじみと言う。

「そろそろお行儀を教えたほうがいいかしら」

「まだ早いですよ」

私たちの視線の先には、楽しそうに頬を緩める景皓の姿がある。劉伶さまと私の第一子である景皓は、生後一年ほどで歩き始め、それから六月ほど経った今、まだ短い脚でちょこちょこと駆けるようになった。

好奇心が旺盛な彼は、房の中での遊びには飽き、最近は外にばかり行きたがる。私も一緒に花々が咲き誇る庭園を歩いたりはするが、景皓の体力は底なしだ。そのため、女官や子雲さんが彼に付き合ってくれる。今も子雲さんと一緒に、花から花へと移ろう蝶を追いかけてご機嫌だ。

景皓をお腹に宿したとわかったとき、劉伶さまは、それはそれば大喜びしてくれて、私は皇后となった。

そもそも高貴な生まれではない自分が本当に皇后になってもよいのかと、戸惑いがなかったわけではない。しかし劉伶さまがそれを強く望んだし、子を守るためには地位が必要だと思った。

景皓を宿すまで毎月のように茶会を催していたからか、皇后という地位に座った私に対する風当たりはさほど強くない。

とはいえ、劉伶さまの寵愛を一身に受ける私に妬心を抱く妃嬪がいるのも現実だ。皇后ではなくとも、皇帝の御子を授かりたいという者はいくらでもいる。

「あれっ……」

蝶に夢中だった景皓が、突然空を見上げて両手を伸ばした。

「陛下ではありませんか？」

「そうね。お出迎えしなければ」

おそらく劉伶さまが政の合間を縫って会いに来てくれたに違いない。そのたびに景皓を存分に甘やかすため、景皓は劉伶さまが大好きなのだ。今も、抱いてとせがんでいるのだろう。

慌てて外に出ていくと、案の定劉伶さまに抱かれて満面の笑みを浮かべる景皓の姿があった。

「陛下、お忙しいのにお越しいただき――」

「そんな堅苦しい挨拶は必要ない」

拱手して挨拶を始めると、劉伶さまは笑う。

景皓の通った鼻は、劉伶さまにそっくりだ。そして劉伶さま曰く、黒目がちな大きな目が私に似ているのだとか。

「景皓、また母を困らせたのではないか？　麗華が疲れた顔をしているぞ」

劉伶さまが難しい顔で問いかけている。

今日は日の出と共に起きた景皓がぐずるので、朝から広い庭を一周したのだ。当然歩くだけでは済まず、深緋色の大きな牡丹をじっと観察したり、小さな虫を見つけては手を伸ばしたりして、時間がかかること。

とはいえ、愛おしい景皓と過ごす時間は私の癒しでもある。

「朝から庭をひと回りしたのです。それで少し疲れただけですから、問題ございません」

劉伶さまは心配が過ぎるところがある。忙しくてこうして宮に顔を出せないときは、子雲さんに必ず一日の報告をさせているようなのだ。しかも皇帝の跡継ぎである景皓についてだけならまだしも、私の体調や行動まで逐一耳に入れないと気が済まないのだとか。

といっても、行動を制限されるようなことはなにもなく、皇后となっても自由気ままに生活を楽しんでいる。

ただし、景皓を授かってからはさすがに厨房に立てなくなったので、それだけが残念だ。

「そうか。無理をしてはならんぞ」

「ありがたきお言葉」

ふたりきりのときは、互いにもう少しくだけた物言いをする。しかし、彗明国の皇帝と皇后という立場では、対外的には少し配慮が必要なのだ。それが窮屈ではある。

「あっ、御衣が……。気がつかず申し訳ございません」

私のうしろに控えていた女官が青ざめている。劉伶さまが纏う袍を景皓の履で汚してしまったのだ。

「幼き子供のすることだ。気にしなくてよい。余たちも泥にまみれて遊んでいたな、子雲」

劉伶さまが優しい口調で子雲さんに語りかけると、彼はうなずいている。

「そうでしたね。陛下は私が泣いていると、いつも花を摘んできてくださって。でも、それを摘むために庭の奥に入るのか、履も衣も泥だらけでいらっしゃいました」

泣いている弟に花を贈るとは、その頃から優しい心の持ち主だったようだ。

壮絶な人生を歩んできた子雲さんも、とても穏やかな顔をしている。楽しい思い出がたくさんあるに違いない。

「まあ、おふたりの幼少の頃のお話をもっと聞きたいです」

「それは……」

軽い気持ちで言ったのに、劉伶さまが表情を曇らせるので焦った。

「申し訳ございません。忘れてくだ――」

「麗華が腰を抜かしそうなことばかりしていたからなぁ。景皓を育てるのが嫌になっては困る」

私の発言を遮る劉伶さまが意外なことを口にする。

「腰を抜かすとは？」

「まあ、それは……」

劉伶さまが濁すと、代わりに子雲さんが口を開く。

「ふたりで池の鯉を捕まえようとして散々叱られましたね」

「そんなこともあったな」

劉伶さまはばつが悪そうに言うも、頬が緩んでいる。

「鯉？」

「簡単に捕まると思ったのだ。しかし、するっと逃げられてふたりとも池に落ちた」

劉伶さまが白状すると、子雲さんはくすりと笑う。

その光景を思い浮かべると笑いがこみ上げてくる。まさか、彗明国の頂点に君臨するお方に、そんな幼少期があったとは。

「あのとき、鯉を捕まえられなかった陛下が、ここ数年鯉の滝登りのような状態でいらっしゃり、私もうれしいです」

子雲さんの言う通りだ。

皇位簒奪からあっという間に国の頂点に駆け上がり、今や地方の国民からも尊敬の眼差しを向けられている。それも劉伶さまが寛容な心を持ち、他の者の意見によく耳を傾ける器の大きな人だからだろう。

「おや？」

楽しく話をしていると、劉伶さまが声をあげる。

景皓が彼の肩に顔をうずめて眠っていたのだ。景皓も劉伶さまの腕の中が心地よいに違いない。

「景皓を頼めるか？」

「もちろんでございます」

愛おしそうに景皓に頬ずりした劉伶さまは、女官に彼を預ける。

「麗華は少し休みなさい。子雲、博文にもうしばし時間をくれと伝えよ」

「かしこまりました」

笑顔の子雲さんが去ると、劉伶さまは私の背をそっと押して宮の中へと促した。

「今、お茶を」

「いいから」

お茶を出そうとしたのに、彼は私の腕を引き、寝室へと連れていく。そして衾を勢いよくめくり、少し強引に私を寝かせた。

「最近、景皓が夜によく泣くそうだね。それで、麗華も眠れていないとか」

周囲に人がいなくなったからか、彼の物言いが柔らかくなった。

しかし、まさかそれも耳に入っているとは。

素直にうなずくと、彼は優しい手つきで頬に触れてくる。

「女官に任せておけばいいのに」

「ですが、私は母ですから」

身の回りの世話も景皓の相手も、女官が滞りなく行ってくれる。しかし私も母としての役割は果たしたい。

「それなら俺は、景皓の父で麗華の夫だ」

その前に彗明国の皇帝なのに。けれど、そう言ってくれるのがうれしくもある。

「もっとお前たちとの時間を作りたいな」

「忙しいのにこうして来てくださって、もう十分です」

子雲さんから言伝を聞いた博文さんが、溜息をついている姿が目に浮かぶ。地方の陳情を大切にする劉伶さまは、自らひっきりなしに人に会い、話をしているようなのだ。

生活の不満を抱えて憤激しながらやって来ても、皇帝が直々に話を聞いてくれた上、その場で官吏に適切な指示を出す姿を見て満足し、怒りを収めて帰っていく者も多いとか。

「いや、ずっとここにいたい」

そんな本音が漏らせるのも、きっと私の前だけだ。

「博文さんが乗り込んできますよ?」

「それは困る」

苦笑する劉伶さまは、なにを思ったのか自分も寝台に上がってきて、私を抱きしめた。

「しばらくここにいる。景皓のことも後宮のこともなにも考えずに頭も体も休めろ」

「劉伶さま……」

どうやら彼は、後宮で不穏な空気を感じるたびに、妃嬪たちの仲裁に入っていることまで知っているようだ。

「麗華も景皓も必ず俺が守る。だから、ずっとそばにいてくれ」

「もちろんです」

恐ろしいと聞いていた後宮の中に、これほど安らげる場所があるとは思ってもいなかった。彼の腕の中は心地よすぎて、とても手放せそうにない。

「少し眠りなさい。お休み、麗華」

優しく囁く彼は、私の額にそっと唇を押し付けた。

完

あとがき

劉伶と麗華の物語をお楽しみいただけましたでしょうか。個人的には素の劉伶と、博文、玄峰、そして麗華が和気あいあいとしていた離宮での時間がお気に入りです。

中国の後宮の歴史を覗きますと、目を覆いたくなるような凄惨な死があったりするのですが、景皓が産まれた彗明国の未来が平穏でありますように。


この作品を書くにあたり、薬膳について学びました。これまで薬膳料理と聞くとあまりおいしそうなイメージがなかったのですが、日頃食べている食材それぞれに役割があることを知り驚きました。このあとがきを書いている今日の夕食は、鶏肉の炊き込みご飯。鶏肉には胃腸の働きを助ける役割があり、疲れやすい、体力が低下しているなどの症状があるときに〝気〟を補う食品として優秀なようです。なにも考えずに作ったものの、暑くてバテ気味だったのでちょうどよかったかもしれません。

また作中に何度も登場する、楊貴妃も食べていたという棗。私は田舎育ちなのですが、幼い頃小さな実を母からもらってむしゃむしゃ食べていた記憶があります。そのときはなんの実か知らなかったのですが、あれは棗だったんだ！とこの作品を書いていてようやく気づきました。ほんのり甘みがあっておいしかったです。棗も気を補う食品で、精神安定作用もあります。また〝血〟を補うので月経時や妊娠時などに摂取するとよいとか。女性に優しい食べ物ですね。一日に三つ食べると老いないとも言われているそうで、食べ続ければよかったと激しく後悔しています。えぇ、激しく。

この作品は『後宮の薬膳料理番』というタイトルで、志摩(しま)午(まひる)先生にコミカライズしていただいており、連載中です。とてもとても美しく、そして内容の濃いコミックに仕上げていただいていますので、是非そちらもチェックしていただけるとうれしいです。

最後までお付き合いくださり、ありがとうございました。体調不良のときには少し食べ物に気をつけてみてくださいね。私も体を労わりつつ、別の作品でも皆さまにお会いできるように頑張ります。

朝比奈希夜

この物語はフィクションです。実在の人物、団体等とは一切関係がありません。

本作は二〇一九年十一月に小社・ベリーズ文庫『皇帝の胃袋を掴んだら、寵妃に指名されました～後宮薬膳料理伝～』として刊行されたものに、一部加筆・修正したものです。

朝比奈希夜先生へのファンレターのあて先
〒104-0031　東京都中央区京橋1-3-1　八重洲口大栄ビル7F
スターツ出版（株）書籍編集部 気付
朝比奈希夜先生

後宮薬膳妃
～薬膳料理が紡ぐふたりの愛～

2022年9月28日　初版第1刷発行

著　者　　朝比奈希夜　

発 行 人　菊地修一
デザイン　カバー　北國ヤヨイ（ucai）
　　　　　フォーマット　西村弘美
発 行 所　スターツ出版株式会社
　　　　　〒104-0031
　　　　　東京都中央区京橋1-3-1　八重洲口大栄ビル7F
　　　　　出版マーケティンググループ　TEL 03-6202-0386
　　　　　（ご注文等に関するお問い合わせ）
　　　　　URL　https://starts-pub.jp/
印 刷 所　大日本印刷株式会社

Printed in Japan

ISBN　978-4-8137-1328-9　C0193

スターツ出版文庫　好評発売中!!

『君がくれた物語は、いつか星空に輝く』　いぬじゅん・著

家にも学校にも居場所がない内気な高校生・悠花。日々の楽しみは恋愛小説を読むことだけ。そんなある日、お気に入りの恋愛小説のヒーロー・大雅が転入生として現実世界に現れる。突如、憧れの物語の主人公となった悠花。大雅に会えたら、絶対に好きになると思っていた。彼に恋をするはずだと──。けれど現実は悠花の思いとは真逆に進んでいって…⁉「雨星が降る日に奇跡が起きる」そして、すべての真実を知った悠花に起きた奇跡とは──。

ISBN978-4-8137-1312-8／定価715円（本体650円+税10%）

『この世界でただひとつの、きみの光になれますように』　高倉（たかくら）かな・著

クラスの目に見えない序列に怯え、親友を傷つけてしまったある出来事をきっかけに声が出なくなってしまった奈緒。本音を隠す日々から距離を置き、療養のために祖母の家に来ていた。ある日、傷ついた犬・トマを保護し、獣医を志す青年・健太とともに看病することに。祖母、トマ、そして健太との日々の中で、自分と向き合い、少しずつ回復していく奈緒。しかし、ある事件によって事態は急変する──。奈緒が自分と向き合い、一歩進み、光を見つけていく物語。文庫オリジナルストーリーも収録！

ISBN978-4-8137-1315-9／定価726円（本体660円+税10%）

『鬼の花嫁　新婚編一～新たな出会い～』　クレハ・著

晴れて正式に鬼の花嫁となった柚子。新婚生活でも「もっと一緒にいたい」と甘く囁かれ、玲夜の溺愛に包まれていた。そんなある日、柚子のもとにあやかしの花嫁だけが呼ばれるお茶会への招待状が届く。猫又の花嫁・透子とともにお茶会へ訪れるけれど、お屋敷で龍を追いかけていくと社にたどり着いた瞬間、柚子は意識を失ってしまい…。さらに、料理学校の生徒・澪や先生・樹本の登場で柚子の身に危機が訪れて…⁉　文庫版限定の特別番外編・外伝 猫又の花嫁収録。あやかしと人間の和風恋愛ファンタジー新婚編開幕！

ISBN978-4-8137-1314-2／定価649円（本体590円+税10%）

『白龍神と月下後宮の生贄姫』　御守（みもり）いちる・著

家族から疎まれ絶望し、海に身を投げた17歳の澪は、溺れゆく中、巨大な白い龍に救われる。海中で月の下に浮かぶ幻想的な城へたどり着くと、澪は異世界からきた人間として生贄にされてしまう。しかし、龍の皇帝・浩然はそれを許さず「俺の妃になればいい」と、居場所のない澪を必要としてくれて──。ある事情でどの妃にも興味を示さなかった浩然と、人の心を読める異能を持ち孤独だった澪は互いに惹かれ合うが…生贄を廻る陰謀に巻き込まれ──。海中を舞台にした、龍神皇帝と異能妃の後宮恋慕ファンタジー。

ISBN978-4-8137-1313-5／定価671円（本体610円+税10%）

書店店頭にご希望の本がない場合は、書店にてご注文いただけます。